张生红散文选集

鹏城起舞

张生红 著

春风文艺出版社
·沈阳·

图书在版编目（CIP）数据

鹏城起舞 / 张生红著. -- 沈阳：春风文艺出版社，2024.9. -- ISBN 978-7-5313-6788-8

Ⅰ.I267

中国国家版本馆 CIP 数据核字第 20243AV969 号

春风文艺出版社出版发行
沈阳市和平区十一纬路 25 号　　邮编：110003
四川科德彩色数码科技有限公司印刷

责任编辑：平青立	责任校对：陈　杰
版式设计：书香力扬	幅面尺寸：145mm×210mm
字　　数：172 千字	印　　张：7
版　　次：2024 年 9 月第 1 版	印　　次：2024 年 9 月第 1 次
书　　号：ISBN 978-7-5313-6788-8	定　　价：68.00 元

版权专有　侵权必究　举报电话：024-23284391
如有质量问题，请拨打电话：024-23284384

时代妙舞者　真善美华章
——《鹏城起舞》序一

赖海晏

挚友张文峰会长,将我介绍给作家张生红,生红与我加了微信好友,请我为她的新作《鹏城起舞》写个序,于是,我逐字逐句阅读《鹏城起舞》,然后执笔写序。

我把序言分为十个部分。

一、诗意人生

书中充满着作者诗意人生的篇章,可谓不胜枚举。在《鹏城起舞》一文中写道:"从家乡梅州平远河头镇的山沟沟坐班车兜兜转转几次车,到深圳至少要折腾15~20个小时。初出茅庐的我带着奶奶和家人凑给我的仅有的266元出来找工作(这是奶奶对我的美好祝愿:好事成双,六六大顺)。"从此,生红开启了诗意人生。

二、讴歌时代

作为时代的舞者,张生红热情讴歌时代,在《鹏城起舞》中,作者写道:"爷爷认为国家大刀阔斧的改革对老百姓来说是千载难逢的……"

三、故土情深

作者在《又见炊烟升起》文中写道:"老屋厨房顶上那一缕缥缈的炊烟,总是飘着我长长的思念,尽管天涯路远,哪怕山高水长,总是萦绕在心头,在梦里袅袅盘旋。老屋,有我剪不断的温情。"

四、感恩的心

生红在书中流露出感恩之情,如《我的爷爷》文中写道:"每年清明,我都会争取回家乡平远给爷爷奶奶上坟,今年清明因故不能回去,我心情格外沉重。深夜依然无法入睡,索性提笔寄托我的哀思。""感恩我亦师亦友的爷爷。如果有来生,我还想做您的孙女。"

生红在《我的奶奶》文中写道:"20年来,在清明或春节前夕,我几乎每年都能梦见奶奶一次,我想,我是幸福的,奶奶的爱将温暖我一辈子。在梦里!在心里!"

五、爱国情怀

生红在书中充满着爱国情怀的表述,在《情满香山》文中写道:"几十年斗转星移,数十年沧海桑田,尽管早已物是人非,唯我对中山的深情不变,我依然爱恋着这片美丽富饶的宜居沃土,荣辱与共,日久天长。如今,仿佛已燃起大湾区几何中心概念的阵阵雄风,我相信中山的明天会更好,相信中山能再创辉煌。"热爱中山,热爱大湾区,不就是爱国情怀吗?

六、视野广阔

生红书中视野广阔的表述,比比皆是,试举一例:作者在《路漫漫其修远兮》文中写道:"近40年来中国作为迅速发展的国家,总体增长是跨越式的,所以不能像西方国家那样形成建立在数据上的决策体系。国内的战略是开拓创新顺应我国国情。'千载儒释道,万古山水茶',这样的标语是这些国外咨询公司无法写出的。"

七、爱大自然

生红热爱大自然,这在她的书中处处可见,书中第三辑"旅程篇"则写她喜欢旅游,更是爱大自然的精彩描述。如《居延海日出》写道:"我看过庐山日出、泰山日出、黄山日出、衡山日出、阴那山日出、海上日出……在天南海北追逐欣赏过无数次的日出,都美得各有千秋!"

除了旅游的篇章外,还有写爱花草的,如《新〈爱莲说〉》《荷塘》《小草》等。

八、童真之心

生红的童真之心在她书中充盈。例如《我不想长大》就抒写了她的童心未泯,文中写道:"我本生性开朗,属于那种没事偷着乐型,我是常常陶醉在琴棋诗书画中自娱自乐的一朵开心奇葩。谁若问我多久没过儿童节了,我会大言不惭地回他:每年都过儿童节。只要我喜欢,甚至每天都是儿童节。从小至今,我打心里就不想长大。反正每年儿童节这天我都会跟孩子们一起放飞自己,我家娃都笑妈妈每年这天好幼稚。幼稚又何妨?谁幼稚,谁快乐。我可不管那么多。"

九、热爱家庭

生红在书中写自己对家庭的热爱和挂心的篇章很多,例如《我的爷爷》《我的奶奶》《我的父亲母亲》《外婆》等,在《外婆》这篇文中写道:"外婆一直是我心中永远慈祥微笑着的天使。从此,我的妈妈已经没有了妈妈,我再也不能亲切地叫声'阿婆'了,再也听不到外婆呼唤我们回来的声音,再也看不到吱呀一声推开木门、笑容满脸地迈着八字脚出来迎接我们的外婆了。我想到以往我们走的时候,她老人家会一再叮咛并祝福我们,然后依依不舍地站在门口一直目送我们渐行渐远的身影。想到这里,我又不能自已,伤心欲绝,几乎哭得喘不过气来,差点哭倒在田坎上。失去亲人的悲痛,竟是如此撕心裂肺。"生红对外婆如此深情,令我读得也顿生悲情。

此外，生红的书中，还有一篇题为《我爱我家》的篇章。

十、慈悲为怀

生红在书中有许多充满着正能量的篇章，有扶贫济困的描述。众多的事实、许多善行，说明她是一位慈悲为怀的慈善人。她在《公益之路》一文中写道："我的感悟是，做公益人、经营公益就像做事业一样，必须有恒心，要坚持原则；要内心足够坚定和强大，自己认为正确的、该做的事，就全力以赴……公益之路，任重道远。我永远都还在学习成长的路上，我只想永远做个纯粹快乐的半职公益人。余生，一半公益，一半诗和远方……"

上面写了那么多，我自认尚未概括《鹏城起舞》一书中所蕴含的真善美！

张生红是一位时代的舞者，她于改革开放的时代起舞于广东深圳，她写出了真善美的华章。所谓真，是书中全部事实是真的，她待人处事的态度是真诚的。所谓善，是她有大爱的襟怀，她爱亲友，爱做公益事，扶贫济困，怜贫惜老，是一个纯粹快乐的公益人。所谓美，是她有美好的心灵，做美好的事，抒写美好风光，抒美妙的感情！

生红内蕴真善美的气质，方能写出如此真善美之华章。

2024年4月19日于翠痕居
时年八十九岁

（赖海晏，享受国务院特殊津贴的专家，曾任《广州日报》编辑，《南方日报》文艺部副主任，《南方周末》主编，广东省文联党组副书记、执行副主席，广东省政协委员等）

鹏为你而起,城因你而舞
——《鹏城起舞》序二

林常君

在这个被阳光与梦想温柔拥抱的时代,我有幸邂逅了一部具有独特灵魂的散文集——《鹏城起舞》。作者是一位以细腻笔触描绘世间万象的女作家,用她独有的视角和深情的语言,为我们编织了一幅幅关于城市、关于生活、关于梦想与追求的斑斓画卷。

深圳,这座现代都市,自诞生之日起便承载着无数人的梦想与希望。女作家以散文的形式,将她曾经在这座城市的每一段经历、每一份情感、每一次心动,都化作字里行间跳跃的音符,将它们定格为永恒,让读者在字里行间感受到鹏城的脉动与温度。

她不拘一格,时而低吟浅唱,诉说着这个城市的温柔与细腻;时而慷慨激昂,描绘着时代的波澜壮阔。每一篇散文,都是一次心灵的旅行,每一段平凡的经历都蕴含着深刻的哲理,引领我们穿越繁华与喧嚣,抵达那些被日常忽略的美好与感动。

我与作者生红是小学、初中同年级的同学。在记忆的长河中,她是个学霸,对我而言,她的身影如同璀璨星辰,照亮过我们童年的天空。三十余年后再次见面,她已是商界精英,最值得我敬佩的是她对文学艺术的那份纯粹与热爱,用文学记录生活早已成为她的习惯。拜读她的《鹏城起舞》,仿佛置身于一场视觉与心灵的盛宴。也许我们能在这独特的语境中找到属于自己的影子，也许我们能在这美妙的盛宴中感受到那份对美好生活的向往与追求。

在此，我们衷心感谢这位女作家，用她的才华与热情为我们呈现了这样一部充满魅力与力量的作品。愿《鹏城起舞》能够继续引领我们，在文字的世界里翩翩起舞，共同追寻那些关于梦想、关于爱、关于生命的美好与真谛。

2024 年 8 月 10 日于湘江河畔

（林常君，教授、艺术家，湖南省政府特殊津贴专家）

目录
CONTENTS

第一辑　能量篇

鹏城起舞　/　002

踏春送温暖　/　009

岁月如歌　/　012

我爱我家　/　015

寻酒记　/　017

幸福：一支笔的距离　/　022

路漫漫其修远兮　/　024

游泳之殇　/　032

心似莲花开　/　035

公益之路　/　037

人间笑佛大笨象，大爱菩萨梁永宁　/　040

久别重逢，逐光而行　/　048

生命的意义　/　050

向何处去 / 053

三顾雅室 / 055

水知道答案 / 057

经典与生活 / 059

责任与使命 / 061

我的业余创作之路 / 063

恩师张文峰 / 068

第二辑 亲情篇

又见炊烟升起 / 074

夏日喜讯 / 076

吉祥三宝 / 080

我不想长大 / 082

我的爷爷 / 085

我的奶奶 / 088

恩重如山的"港姐" / 092

老李先生 / 096

我的父亲母亲 / 101

夏日散记 / 104

冬至阳生春又来 / 106

"天陆古" / 109

外婆　/　112

今夜只为等你　/　118

薛哥走了　/　120

情满香山　/　124

梧桐花开的时候　/　126

春雨　/　128

一抹乡愁　/　130

待到"春"花烂漫时　/　132

故乡的云　/　136

春分赋　/　138

第三辑　旅程篇

漫步春天　/　140

兰缘　/　142

紫气东来　/　144

又到桂花飘香时　/　146

请时光你慢些走吧　/　148

荷塘　/　150

迷人的"鬼捡火"　/　152

天空之镜　/　156

居延海日出　/　159

一汪清泉　/　162

朝圣之旅　/　165

一念间　/　170

小草　/　173

牡丹缘　/　176

大自然的调色盘　/　179

由一首歌想到的　/　181

春之歌　/　184

怪树林之境由心生　/　186

苦恼的"铲屎官"　/　188

如诗油画林　/　192

赏牡丹之旅　/　194

爱在深秋　/　197

华山行　/　199

新《爱莲说》　/　203

后　记　/　205

第一辑

能量篇

Chapter 01

鹏城是一座进取励志的年轻城市，如大鹏展翅，飞速发展，日新月异，高楼林立，交通发达，人才济济，活力四射。

鹏城起舞

20世纪80年代初,爷爷终于得到平反,每个月去领工资会买肉回来加餐,我常听奶奶念叨:"改革好!感谢共产党,生活改善了。"

爷爷的平反正值改革开放的春风吹遍大江南北之际。爷爷认为国家大刀阔斧的改革对老百姓来说是千载难逢的,就决定派个家族代表到深圳去发展,事实证明在20世纪八九十年代能到深圳发展,爷爷的眼光是独到的。爷爷把他最心爱的刚高中毕业的小儿子让包工头带往深圳,希望他能响应号召,参与到经济特区建设中去。当然也希望他能走出大山,出人头地,尝试让他改变个人及家族的命运。没几个月,我小叔叔就背着包袱哭着回来了,说深圳到处大兴土木,尘土飞扬,乌烟瘴气,干活又苦又累,甚想爹娘。爷爷觉得很遗憾,于是爷爷把复兴家族的使命和希望寄托在身为长孙女的我身上。我奶奶曾是南洋贵族,爷爷则生于传统书香门第,爷爷奶奶婚后及有我父辈时家庭条件已一落千丈。

感恩爷爷对我进行文化知识熏陶且从小培养我吃苦耐劳的精

神并严加管教。从小学开始，我除了学习之外，还要洗衣做饭、砍柴割草、插秧收割，除草种菜都是基本功和必修课，六年级开始的暑假和寒假我顶着烈日或严寒跟二叔或七叔到建筑工地给他们捡砖递瓦、挑水、搅拌水泥砂浆，或到六叔单位供销社捆绑烟叶。之后的所有假期我都在做小工。所以，我从六年级开始已自己赚钱供自己读书。

20世纪90年代初，我步入社会那一刻，爷爷直接把我送上开往深圳的硬座大客车，并语重心长地送我几句座右铭："'吃得苦中苦，方为人上人''知识改变命运''书山有路勤为径，学海无涯苦作舟。'你爸没有儿子，你可得踏踏实实，出人头地，为你爸争口气（当年在我们客家人眼里，谁家没生男孩会让人瞧不起，也常会被人欺负）。"家族使命及爷爷的教诲，一直鞭策我前行，我未曾停止步伐。

深圳是我人生中第一驿站，梦开始的地方，也是人生第一舞台，我是导演，也是主角，如何在舞台绽放精彩？自己必须明确方向，不断学习，脚踏实地地走好每一步。深圳是座包容的城市，不分肤色，不分民族，来了就是深圳人。只要你勤劳，善于思考和发现，努力进取，机会到处都是，定能收获喜悦，绽放芳华。穷则思变，每次创新转型都是在"渡劫"，不经历风雨，又怎能遇见彩虹？没人能随随便便成功。一路摸爬滚打几十年，我也有20%~30%的失败概率。后来，当我在异地发展遇到瓶颈，都会回到深圳待上几天，拜见精英牛人，寻求突破，用深圳模式或思维让问题迎刃而解，屡试不爽。我不得不承认，深圳精英们的思想比较前卫，创新思维相比其他城市的人更跳跃及超前。

当年没有高速公路，我从家乡梅州平远河头镇的山沟沟坐班车兜兜转转几次车，到深圳至少要折腾15~20个小时。初出茅庐的我带着奶奶和家人凑给我的仅有的266元出来找工作（这是奶奶对我的美好祝愿：好事成双，六六大顺）。出门在外，人生地不熟，无依无靠，感恩几位好心老乡轮流收留我住在8人一间房的上下铺宿舍，并和她们挤在同一张窄小的床上，好歹不至于流落街头。无以为报，我便每天回来后主动给她们搞卫生洗衣服做饭菜。因为没有工作经验，我到处投简历面试，处处碰钉子。囊中羞涩的我为了节省费用，找到工作前，常常一天只吃一顿饭，两个小时内能走到的地方，我都走路去找工作。饥寒交迫的我独自走在尘土飞扬的马路上，在自我安慰中反复默念着："天将降大任于是人也，必先苦其心志，劳其筋骨，饿其体肤，空乏其身，行拂乱其所为，所以动心忍性，曾益其所不能。"我一度怀疑孟子他老人家的这句话是为我量身定制的。

　　两个月后，我用求爷爷告奶奶的方式，踏破铁鞋到处找老乡帮忙才进入一家中日合资的电器公司上班。公司地处深圳宝安福永镇桥头村，其时属于很荒凉的地方。我当时做办公室文职的工资每月只有600元，留100元自己吃饭零花，省吃俭用，其余500元全部寄回老家供几个妹妹读书并改善家里生活（当年我的发小大学毕业直接回老家当副镇长，每月工资却只有200多元）。为了让自己快速掌握各类生存技能，我除了白天上班，晚上和节假日就学外语、计算机技术及苦啃各类书本。我坚信"万般皆下品，唯有读书高""书中自有黄金屋，书中自有颜如玉"。求知若渴的我逮住一切机会继续学习。

　　周六晚上，我会让自己放松一下，到公司大电视厅看香港四大天王劲歌金曲节目，或者到公司职工歌舞厅学跳当时最流行的慢三快四探戈等交谊舞，或偶尔登台倾情飙上一首邓丽君的歌，收获阵阵掌声。我一年才舍得进城犒劳自己一次，用边防证经深圳南头同乐关到深圳市区东门一趟，买块花布料定制条新裙。当时电脑是新兴高科技产物，可望而不可即，在我们很多人眼中格外神秘莫测。一台286电脑要1万多元人民币，相当于我们不吃不喝几年的全部工资，几千人的大公司，只有一间独立电脑打字室，全公司只有一台电脑，由任专职打字员的总经理的女儿专用，电脑像大爷一样被伺候着。电脑机房的门锁得严严实实，从不让外人进入，电脑的机箱上也带着锁。我在发送文件时也只能敲门让打字员出来拿，我只能隔着玻璃窗看看电脑的神秘背影。虽然和打字员关系不错，一旦我问及电脑有关知识，她绝对守口如瓶，生怕抢走了她当年赖以生存的吃香饭碗。

开放式的大办公室里采购部门有一台没上锁的纯英文打字机，每天晚上等所有人下班后，我悄悄溜回办公室，胆战心惊地借着窗外路灯照射进来的光，偷偷地、小心翼翼地学习打字，生怕自己不小心把打字机弄坏，更担心被人发现告状丢了工作，大有古人凿壁借光的架势。我先用A3纸手画了一张1:1模拟键盘练习盲打，并买了一本电脑学习教程自学，最后实操，几个月后我的英文及五笔打字速度飞快。当时，根本没有电脑培训机构，人们没钱也没地方学。两年后再换工作时因为我熟悉电脑操作并会一些英语及日语而被优先录取。我在吃苦勤学中一路成长，我的工资随学习的技能、经验的增加及职务的提高呈几何式增长。我在十年后自己出来开公司，不断创新并挑战自己，开疆拓土，总是能轻松迈出自信的步伐，勇往直前。

后来，我陆续把七大姑八大姨及年轻一辈亲戚加上一些乡亲能有六七十号人，带往深圳及中山发展，大家都很争气，发展得都还不错，基本改变了家族命运。我可以告慰爷爷奶奶的在天之灵了。

我从深圳到香山再走向香江及世界，卧虎藏龙的深圳最能让我不断反思及警醒。我工作前十年是勤学苦练及积累技能人脉的黄金阶段。第十至二十年是最好的发挥阶段，在第二个十年，我感觉我的事业似乎已如日中天，便开始沾沾自喜，自我膨胀，大有笑傲江湖的架势。我似乎已插上骄傲的翅膀，随时都想飘起来，但我尚存一丝自知之明，感觉长此以往，危矣！于是乎，我知耻而后勇，选择急流勇退。我之后在清华大学深圳研究生院读书，来学习深造的大都是知识渊博、功成名就的"各路神仙"，课堂上的精彩辩论常常让我佩服得五体投地，我深刻体会到一山更比一山高。我恍然大悟：芸芸众生，牛人比比皆是，我算老几？我瞬间锐气全无，感觉已卑微到尘埃里。涛声依旧吧，老老实实夹着尾巴做人才是硬道理。

当然，社会是一所大学，也是一所大染缸，当初人们心中的深圳灯红酒绿、纸醉金迷，但这些全然与我无关。人穷志勿短，坚守心中一方净土，怀揣使命及正知正念，谁若投我以木桃，我欲报之以琼瑶，我已把精力用在工作和学习进取上，何来矫情？学无止境，不进则退。唯有终身学习，不断进步，才能提升核心竞争力。

深圳是我成长的福地，是引领我走向世界舞台的窗口，我从当年学习于深圳大学，再走进清华大学深圳研究生院，最后由深圳漂洋过海走进英国牛津大学去喝洋墨水。现在仍定期抽空往返深圳香港两地学习。最让我佩服的是清华班的同学们，印象最深刻的却是牛津大学的学习氛围及老师们留给我的深刻印象：从牛津大学赛德商学院院长 Sue Dopson 到 Prof Richard Scase（牛津大学教授兼英国首相智囊团顾问），再到 Prof John Hoffman 博士（斯坦福大学博士、牛津大学金融学专家级教授），等等，越是知名的高等学府，里面的人越发谦卑低调。绅士淑女风范已深入他（她）们的骨髓，文化及学问造就了他们"谦谦君子，温润如玉"的模样。接触的人层次及水平越高，越发感觉自己渺小无知，求知欲望越发强烈。回头望望，沧海茫茫，自嘲当年自以为是，简直如井底之蛙。

近几年，我已从有为到有所为而有所不为，最后准备过渡到无为而治。我曾经在深圳学习3年，年少轻言；再学3年，已不敢妄言；又学3年，越发沉默寡言；再过3年，期望能静默无言；待左3年右3年徘徊在深圳继续历练若干轮之后，我梦想能著书立说，将书留于架上，我的照片及画作被挂在墙上之时，无言即言……心声亦愿景。我所欲也！

我最崇敬知识渊博的文化人，吾生有涯而学无涯。期望读万卷书努力让自己内心淡定，继续行万里路让自己路过人生曼妙的每一处风景。享受默而识之，学而不厌的感觉。腹有诗书气自华，修到能"虽识乾坤大，犹怜草木青"之时，成为优雅从容的精神贵族才是我毕生的追求。

鹏城是一座进取励志的年轻城市，如大鹏展翅，飞速发展，日新月异，高楼林立，交通发达，人才济济，活力四射。深圳创造了很多全国第一甚至世界第一。深圳改革开放40余年，我也是受益者，我有缘参与并见证了深圳华丽蜕变的近30载。我虽不是成功人士，但基本做到了生命不息，奋斗及学习不止，可以称得上青春无悔。长期结缘深圳，自然濡染了几分深圳精神及深圳范。

深圳是具有大爱的城市，是公益及志愿者之城，随处可见的"红马甲"义工是一道亮丽的风景线。近10年来，当我发动贫困助学助农，治病救人救急，修桥补路等公益时，响应最积极的是深圳同学及企业家们。

我喜欢每周到深圳待上两天，偶尔再做点小事，感受深圳节奏。顺便见两位定居深圳的博学多才、功成名就的老闺密。但愿时光不老，与深同在。待人生繁华落幕，让我能细数鹏城落日流年。如果有一天，我累了，深圳仍是我向往的剧终落幕的舞台。

（2020年《侨星》杂志第3期刊登，2020年3月10日《侨界作家》平台转载，2020年3月11日《今日头条》"肖金讲故事"栏目转载，2021年4月16日《梅州日报》转载）

踏春送温暖

今年春节我带上大闺女代妍回平远河头老家陪父母过年，回家之前，我与妍儿商量，将借此机会回广东省侨界作协平远创作基地，并以基地的名义，做些力所能及的社会公益，让已踏上工作岗位的妍儿也开始重新参与到回馈社会的公益活动中来，把爱心传递给下一辈，过个祥和且特别的春节。我的想法得到妍儿的认可及支持。

记得，上次连续几天母女齐上阵，一起去粤北少数民族地区调研做公益，还是在10年前她读初中时，我们到连南瑶族走访了山里十几个贫困家庭的学子，实地考察调研后进行了多年的助学。妍儿把每年收的压岁钱也贡献出来参与其中。那时她还被山蚊子叮得到处是包。当看到那些因病致贫、房子漏水、衣衫不整、没钱读书的孩子时，她的感触特别深刻，相比之下，她觉得自己简直太幸福了，更应该好好读书，当时她就表态有能力时要跟妈妈一起帮助一些有需要的人。所以，妍儿也特别勤奋，学习上几乎没让我操心过。一想到她终于有点能力及有心又要跟我一起做公益回馈社会时，我由衷地感动及开心。

腊月二十九早上，妍儿一大早坐船从香港回到中山，与我一起去康养院接瘫痪在床已3年的老父亲回老家过年探亲。我父亲第一次坐上妍儿的车，当场激动得老泪纵横。这是妍儿出国留学多年归来工作，刚拿到驾照不久后第一次载外公。娘儿俩轮流开车，塞车不休的回家之路丝毫没影响我们回家乡的激动心情，驱车12小时才回到450公里外的家乡梅州平远。一路上好在有妍儿为我分担开长途的重任。我感动之余，不禁感叹：孩儿终于长大，能为母分担责任了！

年三十，我带上妍儿，马不停蹄地走访了多家贫困家庭并送上慰问金及新春问候。

大年初一上午，我们回到广东省侨界作协平远创作基地，临时感召来多位年轻的文学爱好者及中山企业家丘伟胜先生、刘巧丽女士一行7人，我们在基地召开了一场简约的座谈会，交流分享了创作基地的起源及宗旨，希望日后能有更多的有识之士加入我会，共建美好有爱的文艺家园。中午大家一起共进健康素食餐，素雅结合，大家吃得不亦乐乎。

大年初二，家里来了30多位拜年的亲戚，大家欢聚一堂，一一进行了亲情间的交流及问候。午饭后，我和妍儿决定带上几位到我家拜年的大学生及小学生，一起到河头镇敬老院慰问孤寡老人，妍儿给老人们派送了慰问红包并送上了新春的祝福。言传身教中让孩子们参与奉献爱心，一起发扬我们中华民族尊老爱幼的传统美德。

妍儿回来短短的5天假期，每天都随我奔波在各处进行慰问及付出爱心。她觉得很有意义也很开心，并深深体会到了助人为乐的含义。她说以后有机会要多随我一起参与到社会公益事业中来，一起帮助更多有需要的人，让我倍感欣慰。

我奶奶从小就教导我施比受更为有福。要多行善积德，做个对社会有贡献的人。有钱时出钱，没钱时出力，常怀感恩之心，常做利他之事。一言一行时，举手投足间，哪怕只是一个温暖的微笑，细微之处也能洞见善意的精神，终身受用。我常常把奶奶的这番教诲传递给弟弟妹妹和晚辈孩子们。只要人人都献出一点爱，付出真诚及爱心，世界会是美好的人间，爱出者爱返，福往者福来，相信无私善良地付出爱心，如同播撒着阳光，定能温暖四季，美艳人间。

2024年春节于梅州平远

（2024年2月26日《侨界作家》平台发表，2024年2月26日《平远侨联》平台转载，《侨星》杂志2024年第1期刊登）

岁月如歌

元旦的清晨,我被小鸟的呢喃和淡淡的桂花香唤醒,晨光早已洒满床,被窝暖如春。我赖着不想起床,每天早上,我都喜欢赖一会儿床,尤其是节假日、冬日,像个起床困难户。我认为,独自静静地赖床已算是对假期最基本的尊重了。赖床最是能让慵懒的思绪飞扬。飞得高,看得远,想得美。放任思维腾云驾雾,天马行空,飞到那九霄云外去。

20多年前种下的老桂花树紧挨着我的窗户,已有二层楼高,每年从中秋到春节,桂花总是不知疲倦地反复绽放着,根本停不下脚步,桂花的芬芳常常让我感慨万千,做人如桂花该多好哇,饮朝露,餐晴晖。淡淡地与世无争,静静地绽放自己。昨夜星辰昨夜风,料定,此刻已是人闲桂花落了。总有一缕清风读懂了我的心事,带我走过满怀希望的一天又一天,岁岁年年,我已被世间温柔相待。金桂的芳香,能净化我的心灵,深深懂,浅浅喜,静静爱,岁月方能如此静好。

尽管岁月如诗,一首又一首,总也写不尽人生的喜怒哀乐,道不完人生的苦辣酸甜。纵然走笔成章,也不能阻止世间的悲欢离合,也未能左右月儿的阴晴圆缺。回头望望,沧海茫茫。当迎着2024年的春风,乘风破浪,扬帆启航,奋勇前行,提高自己的"生命能见度"。有道是"谁无暴风劲雨时,守得云开见月明。花开复见却飘零,残憾莫使今生留"。

我常常在想,不知道有一天我是否能告老还乡,荣归故里。家乡的大山,或许才是我的归宿。余生何去何从?明天或意外到底谁先到来?说不清道不明的无常萦绕心头。

岁月如歌,任花香醉人,假日消磨,你恩我怨几许。无聊甚,当寄语歌一曲,我又想起艾米丽·王嘉宝空灵唯美,犹若天籁的童声版《醒来》歌曲:"从生到死有多远?呼吸之间。从迷到悟有多远?一念之间。从古到今有多远?笑谈之间。从你到我有多远?善解之间。从心到心有多远?天地之间……人生是无常的醒来。"初听,人生似乎已经活明白了;迷茫时,再听,仿佛已经开悟;困惑时,复听,又人间清醒了一回。周而复始,歌词走心,感人肺腑,百听不厌。

待华灯初上,谁能许我地老天荒。盼星星,也盼月亮。没有星星的夜晚,月亮又何其孤独。人生在继续,我还在期许,星月虽遥远,至少看得见。虚无缥缈的你,在哪儿?我却看不见。宁愿相信我的未来不是梦,也应该安然每一分钟。多想目之所及有星辰大海,心之所向能繁花似锦。还是只管当下事,且惜眼前桂花香吧!花香间,春风十里已不远,庭院中,万物生长靠太阳。而我,靠一缕香,一壶茶足矣。待我备上一盏香茗,风也温柔,茶也清香。一起品茗可好?

都说闻香识女人,且让我用十分的真诚和热情用心体会生活,对余生能永远充满美好的憧憬吧!养花是我的一种生活态

第一辑 能量篇 013

度，养花即养心，赏心又悦目。幸甚至哉，当歌以咏志。

走，新年伊始。起床沏茶种花去！

2024年1月1日清晨于香山

（2024年1月16日《梅州日报》刊登，2024年1月31日《梅州文学网》转载）

我爱我家

我家香山深秋的前后花园，数年前种下的紫藤及红藤喇叭花，正值花期，花儿爆发式绽放，可劲地撒欢儿，阳光照耀下的花儿正蜂缠蝶恋。

南国已是秋高气爽，凉风习习，幽香阵阵。这是一股治愈的力量。所有的伤春悲秋，生活的灰暗，此刻已荡然无存。

最美不过南国春。有幸生长在南方，尽情享受着如春四季。拥有生机勃勃的园子，感觉甚是美好。今日细数我家花儿，竟然有21个品种正在争奇斗艳。

最近经过我家花园门口的人们，都不禁赞叹一声："花好美啊！"或道一声："花儿好香啊！"我心已迷醉。能分享美好及快乐，甚感荣幸之至。身处北国的朋友们，是否都羡慕不已？

桂花淡雅高贵的香味，是我之最爱。园中20多年树龄的桂花，此刻怎甘示弱？一朵朵金黄的小花，已竞相开放，香气扑鼻，沁人心脾。

园中两株香水柠檬，也是我的骄傲，四季不断开花结果，总是挂着沉甸甸的喜悦，常常结出比我拳头大的果实来。

还有园中的阳桃、龙眼、番石榴、橘子……一花一果，一草一木，满眼都是我的爱，倾注着我的心血及对美好生活的向往。

　　我家后花园里，有条弯弯的小河。小河之水连通着西江，能明显感受到潮涨潮落，还常常可见鱼群游来游去。我家拥有两个小小的码头，拴着两条有房屋标记的红色小船，小小的船儿两头尖，每条小船只能容纳4人。亲友们到访，都喜欢到我家划船玩乐，或搬个小凳，坐在我家码头垂钓。自家花园基本可以实现一日游，也足够惬意。

　　我的住宅和我的花园虽说不上豪气，却是十足的田园风，并有着水上威尼斯的范，适合过优哉游哉的日子，更适合诗画创作。我的家有我的诗和远方，是我积蓄能量的最好场所，我能在此静下来思考人生，多少方案都是在家静中生慧的结果。我还能在这里为家人和来访的亲友们做出一道道美食，我还常常足不出户，待在三楼敲击着键盘，发号施令，调兵遣将，指挥着日常运作。

　　我爱我家，我一直用心营造着生活的乐趣。一年四季被我装扮得多姿多彩。愿所有的美好，定格在家中园中，定格在诗情画意中。

2020年11月8日于香山园子

寻酒记

在特殊时期，重出江湖也好，跨界整合也罢，为人为己，终究还是要找点新鲜事来做，以此证明一下苟活的意义。更何况，去年辛丑年仲冬之际，我的《大漠微尘》新书发布之时，备受尊重的前辈李伟辉老师采访了我，他更是鼓励我应该"重出江湖"，不应该太早"隐退"，发挥我既有的优势继续创造价值，可以帮助到更多的人。这个点触动了我，整点啥呢？于是，我又开启了绞尽脑汁模式，既然生命不息，且让我踏出继续奋斗不止的步伐吧！

经过一番思量，我想再次跨界，突破自我，赶一波浪潮，还是想起了做酱香酒的买卖。想做，不代表一定能做，首先要明白自己为啥要做酒，还要搞清楚自己到底能不能做，该如何做。学习，考察，选酒，选址，定位，投资测算……都需要一步步考察确认及落实。

想做酒，我首先需要过的是心理关。某日，我与佛系的发小师兄聊起做酒的想法，此兄劝我，酒非善业，以他对我近半生的了解，认为我不适合做酒。我未苟同，凡事均具有两面性。粮食酿造出来的美酒,岂能让你一句"非善业"的大棒一挥,直接就给宣判了"死刑"。美酒可是咱们老祖先的工艺与智慧的结晶,酒文化由来已久,源远流长。酒存在的理由及地位足以证明它是有价值的。美酒再好,适可而止,不要贪杯就是。可是,又有多少人能控制好自己的酒量?不得而知。

既然要开启新业务,我还是亲自学习摸索再决策吧!无须再为几两碎银和慌慌张张的生存而战,我只希望付出努力及支出后,能产生新的价值,帮助一些亲人的同时,再到西北考察助学,希望能用于资助一些大西北的孤儿完成学业。陕西宝鸡一所长期收留失学孤儿贫困学子的公益学校,一直是我关注的对象。目标及方向明确,我又活力四射,斗志昂扬起来。

于是,我踏上了春天的列车,开启了三趟分别为期5天的贵州寻酒之旅。1400多公里的路程,每次单程都需要十五六个小时,必须起早贪黑,披星戴月。第三次前往时与林师兄两人,凌晨四点到上午八点多钟,一直大雨倾盆,我们只顾风雨兼程。或许是因为特大暴雨,我在高速路上连续4个小时一台小车也没见到,只是偶遇了几辆货车。风雨易动,青山未改,一路向西南,我们进入遵义仁怀及茅台镇,赤水河绿了,美酒河畔微风很轻,空气中到处弥漫着酒糟的香气。贵州之行,我们当然不是漫无目的地瞎逛,而是行程明确与紧凑。

白酒虽是传统行业,对我而言却是全新的领域。我每天结识不同的有缘人,从接触企业老总到销售负责人,参观不同的企业,学到新的知识。只要是学习长知识,我总是激情满满,不知疲倦。从酱香酒的原料到制曲工艺,再到轮次酒的酿制认知及了解;从察言观色,到品酒之烈柔香淡;从销售模式到品牌人群定位；什么基酒轮次酒年份酒，新酒老酒，酱香浓香清香型，处处皆学问。

怎奈我徒有两只酒窝，却是不会喝酒之人，曾经滴酒不沾的我，完全是酒界小白一枚。想做酒自然得学喝酒或品酒，先学点酒知识是必须的。一窍不通会无从下手，学酒品酒我也是用心的。我去贵州前后15天，自然少不了喝酒，每天喝的都是不同品牌的酒，为了试探自己的酒量，我谨记喝酒九部曲，并采取了循序渐进的方式：

第一天，我自然是先小酌一杯，得悠着来，觥筹交错，略带矜持。恨不得有一帮文人志士围绕在我身旁，一个个绅士淑女的模样，一边品酒，一边吟诗作对，显摆显摆。我感觉意犹未尽中略带着遗憾，回酒店后一觉到天明，第二天满血复活，神采飞扬。

第二天，微醺体验，两杯下肚，我已经能感受到酒精带来的神经刺激。此刻，我已像个伟大的诗人，一副提笔就能写诗的样子。不要再叫我姓名，请叫我诗人。谁不叫我诗人或文人，我真想跟他急！我感觉喝得好，睡得香。第二天无任何不适。

第三天，更上一层楼，三小杯已是半两，酒精让我跨入了浅醉模式，身体开始发热，头脑开始发沉。我红扑扑的老脸上，已经双眼迷离。我想广而告之，我是李白的徒弟李黑，请叫我李黑诗人。谁都怕我，我谁都不怕。我睁着眼睛，估计已全是瞎话，原来，两杯已是我的底，三杯万万喝不得。

第四天，四杯快近一两，已经沉醉不知归路，脑子已经控制不住金口，谁也别跟我说话，不然跟你没完。别问我你是谁，我都已经不知道我是谁，你或许将面对一位陌生的话痨。罪过罪过，尽管还是睡得香，我已认清事实，我是真的不能喝。

第五天，五杯刚好一两，最后挑战，谁怕谁。酣醉实在太冒险，我说的全是真心话，掏心窝子不分对象。酒精过敏挠痒痒，我浑身刺挠睡不香。整整挠了好几天。四杯已经是极限，以后再也不敢五小杯。

六步曲：烂醉如泥试不得。

七步曲：酩酊大醉或许更丢人。

八步曲：听闻癫狂境界摔杯子，掀桌子，管它伤着谁跟谁。

九步曲：听说将会惊世骇俗瞎裸奔，估计几乎是无人敢试这最高境界，除非承受了极度刺激，失常之后豁了出去。

一番试酒，止步一两。壶里有酒乾坤大，杯中有酒日月长。美酒确实是个好东西，好酒，小可社交，大可外交。酒再好，也不要贪杯，更不能一醉方休。否则，乱了方寸，丑态百出。小酌怡情，浪漫满屋，适可而止，微醺刚好。

我曾看到一间知名大厂销售推荐酱香酒的 10 个理由，拿来分享如下：

1. 世界上使用食粮最多的酒。
2. 生产及存储周期最长的酒。
3. 不添加任何外来物质的酒。
4. 贵州气候地产独一无二的酒。
5. 酱香酒是天然的保健品。
6. 易挥发物质少，对人体刺激小。
7. 酸度高，有利于身体健康。
8. 酱香酒的酚类化合物多，且拥有 1400 多种香味物质。
9. 酒酱 53° 水分子和酒分子亲和力最好，对人体刺激最小。

10. 酒酱中含有抗衰老的有超氧化物歧化酶（SOD），可以防止衰老。

我未一一考究真伪，却感觉个个似乎都能触动我的灵魂。我不禁发出感叹：如此看来，好酒啊！好酒！这瞬间成了想经营好酱香酒最有力的理由。

虽然我已明确决定日后不做酒的生意，但在继续学习及成长的过程中，认识了一些朋友，长了一些知识，品了一些美酒，也值得感恩记载。

2022 年 4 月 1 日于仁怀随笔

（2022 年 11 月发表于《侨星》杂志第 136 期）

幸福：一支笔的距离

此心安处是归途，只生欢喜不生愁。这正是我对缘聚广东省侨界作联的深刻感悟。断断续续，我已旅居香港15个年头。前年偶然机会下幸运地加入了广东省侨界作联。作联经过40年的积淀，发展壮大，早已经成熟稳健，人才济济，硕果累累。而我作为入会才3年的新成员，却如文学路上蹒跚学步的3岁娃，有待向前辈们继续学习。这里有我最尊敬的文人和画家，这些多才多艺的艺术家，是我学习的榜样。更没想到我小时候和我爷爷共同喜欢的文学大师秦牧也曾是我们作联的重量级老前辈。作联常用的报纸杂志（如《千岛日报》和《侨星》杂志）及侨界作家公众号等多元化推送方式，激发和提高了作家的创作积极性。我入会后的感觉如归家，漂泊了近半个世纪的灵魂终于安顿下来。我相信，一切都是最好的安排。

2020年，是我与广东省侨界作联结缘的日子。在香港的前半年，我得到会长及前辈们的支持呵护及鼓励，积极从文。在写写画画中，我度过2年的业余时光。如今，我又归来深圳生活2年有余，仿佛，拿起笔杆子，已没有什么不能通过书写和倾诉解决的问题。神来一支笔，既可为你写诗，也能纵横天下，在婆娑世界的生活画卷上，为我们描绘多彩的人生。可谓，我手写我心，走遍天下笔为侣了。

我儿时的作家和诗人梦想，终于有幸在回归广东省侨界作联后得以实现。入会一年时间，我出版了诗文集《大漠微尘》，并在我的家乡举办了一场终生难忘的新书发布会。得到广东省侨界作联的领导和文友们如亲人般贴心的全方位支持及帮助，让我感受到家的温暖，犹如回家操办了一场大喜事，让我激动又感恩。

我之拙见，写作除了灵感和激情，还需天马行空的思绪，绞尽脑汁地抒写。如此这般的静心动脑，我想，应该能预防老年痴呆吧！在张文峰会长及陈耀宗先生的时常鞭策及约稿之下，我不敢太偷懒，业余时间我一年也能写几十篇稿出来发表，还能收获碎银几两的稿酬，暗自开心一下。

生命不息，学习不止。如今，我还需加把劲，努力向作联的作家和画家们学习，为下一本书及画册的出版积极筹备。幸福，有时对我只是一支笔的距离，当我静心沉迷于写写画画时，便心生欢喜，忘却了尘世间一切纷纷扰扰。

若问我：什么是故乡？该何去何从？答曰：我心安处即吾乡！此心安处是归途！广东省侨界作联正是我继续开心成长的摇篮和值得深耕的地方。

（2022年12月19日发表于《侨界作家》平台第189期，2022年12月19日《华人头条》转载，庆祝广东省侨界作联成立40周年纪念画册《光荣与梦想》约稿，2023年10月16日《侨星》杂志第4期总第140期刊出）

路漫漫其修远兮
——王志纲老师部分书籍读后感

从初中后期开始,每逢假期我就常被父母送往国内外各种夏令营学习,或者到咖啡馆、商超、证券公司、外企等进行各种实习锻炼。母亲美其名曰:希望孩儿能开拓国际视野,意在积累经验和为日后择业做准备。国外留学5年,取得硕士学位归来,我徘徊在人生的十字路口,边考驾照边在父亲公司实习,同时思考着该如何择业。何去何从尚未明确,父亲给我买回一些备考公务员的书及几本王志纲老师的书。备考公务员的书籍显得枯燥乏味,使我仿佛又回到了应试教育状态。我倒是对王志纲老师的战略策划方面的书籍感兴趣,觉得若有幸能从事战略策划工作,必将得到很好的锻炼。尤其是王志纲论战略的封面内页:"所谓战略……小到个人,尽早明晰自己的优劣势,找到自己感兴趣、有感觉,并愿意为之奋斗一生的事业,这些都离不开战略。"一语惊醒梦中人,这不正是我的心声吗?我正苦苦思索和为找寻一份愿意为之奋斗一生的事业彷徨!

现将我对王老师的部分书籍内容解读如下:

我理解了战略的概念。每当遇到重大变局或者是面临巨大挑战的时候,需要做出关键决策,战略就体现出价值。在和平年代，商业竞争是没有硝烟的战争，战略显得至关重要。战略具有前瞻性，中国的市场经济发展迅速，许多公司运营模式可复制性太强。因此战略规划既要体现企业独特的优势，也要顺应市场发展规律。"智纲智库"为企业挑战性项目提供解决问题的思路：能不能做，怎么做，做什么，谁来做。为一个项目一个企业找"魂"。

企业战略策划对企业的发展具有重要的意义，企业战略策划可以从以下几方面进行划分：产品层战略位于战略体系中的次级层次，即企业经营单位的总体战略。现代化的大型企业集团不会经营单一的产品或从事单一的业务，基本都拥有各自独立的产品、独立的业务部门，经营多种业务、生产多种产品，即使各个独立的部门之间，面对的市场环境也不完全一样，提供的产品或服务也随之有所不同，在这种情况下，各独立的产品、各独立的经营业务部门在营销过程中所采用的战略部署也不尽相同，各独立的经营单位所制定的专门策划本部门生产的产品或服务经营活动的战略，就是企业的产品层战略。

执行层战略位于战略体系中的最下面一层，在贯彻实施企业专项职能管理方向中有着独特的作用，它包括企业的总体战略与产品战略。其重点目标是提高企业各项资源的利用效率，从而使决策层战略与执行层战略的内容落到实处，使各项职能和目标之间形成统筹协调的关系，包括营销方向、研发方向、物流方向、财务管理方向、生产管理方向等多个维度。

智纲智库业务多元化，从房地产行业（保利、碧桂园）到文旅产业。万达长白山国际旅游度假区项目的建成，项目顺应了国内旅游方式由观光逐渐走向休闲时代，成为万达集团转型文化地产的战略"模具",集滑雪、酒店、别墅、商业、高尔夫于一体。不仅如此,项目周边配套设计齐全,旅游新市镇的发展为政府提供了许多就业岗位。

我所了解的智纲智库的发展历程:第一个阶段(第一个10年)是1994—2003年,工作室聚焦房地产企业,代表作从创办名校切入,策划,营销,整合。帮助碧桂园在顺德起死回生,以及后来的多个项目,例如奥园、星河湾,开创了中国"教育地产""复合地产""品质地产"的先河,成为中国房地产企业学习样板和行业标杆。第二个10年(2004—2013),重心由地产策划向城市战略策划转移,服务对象主体变成了各地政府,合作智力型机构也从广告公司变成了全球知名产业规划机构,例如AECOM、毕马威。

许多企业,容易盲目追求当下的运营效益,只关注第一曲线增长(也就是所说的安身立命的看家本领),而忽略了要结合未来趋势去发展第二曲线的重要性,当短期取得一点效益的时候就容易依赖以往的路径。时代发展迅速,导致企业很容易被其他新晋的公司取代,这种后果就是由忽略战略的重要性所导致的。

一些大型的成功企业,以海外企业亚马逊为例,这么多年来他一直很成功,可以归结于公司的战略是真正意义上以客户为中心。亚马逊成立初期,创始人贝佐斯就采取了冒险举措:投资仓库,虽然在起初导致了股价大跌,但这有助于他们日后成为在线零售领导者,可见其远见。亚马逊将战略重心建立在不会改变的事情上,也就是消费者的需求,比如在网络零售中消费者始终会关心的是精选低价的产品以及能快速收货的产品,而不是主要去关注他们的竞争对手是谁。为了给顾客提供有竞争性的低价产品,那意味着要相应地减少成本开销,他们从在办公室开销上减少,控制差旅费预算,再到给管理团队的薪水限制在一定金额,但员工可以获得一些公司股权(股票期权)以对应较低的工资,类似的一系列的举措保证了其高质量服务和产品,物流和售后。

王志纲老师说:一个企业在运作中至关重要的两个环节是管理与制作战略。管理是精益守诚,战略是开拓创新。

中西方在进行战略策划上的不同之处,以及为何我认为智纲智库在国内的特殊性是国外的麦肯锡、德勤、埃森哲这样的优秀咨询公司难以取替的。我在读书的时候,每次导师给我们布置的作业论文,其中的硬性要求就是运用一定篇幅权威机构发表的参考文献作为论文论点的佐证,而这些文献的作者都是进行了大量的实验以及收集丰富的历史数据进行总结。近40年来中国作为迅速发展的国家,总体增长是跨越式的,所以不能像西方国家那样形成建立在数据上的决策体系。国内的战略是开拓创新顺应我国国情。"千载儒释道,万古山水茶",这样的标语是这些国外咨询公司无法写出的。

我认为战略咨询师需要扮演几个角色:好的倾听者,倾听是至关重要的,不仅为了了解客户需要什么,或他们存在的问题和愿望是什么。好的调查员、战略顾问不仅是数据分析师,他们还能够把数据连接起来,通过倾听获取相关信息,并将其转化为有价值的建议。

战略策划应以东方文化中的兵学思想和儒家理论作为底层逻辑,借鉴西方,如迈克尔·波特的竞争战略理论、里斯和特劳特的心智定位理论、诺曼和拉米雷兹的价值星系理论以及彼得·德鲁克的企业管理思想,结合智纲智库多年市场咨询实践经验,形成独具特色的战略管理咨询服务应用方法。服务模式应将起点定位在"机会"而非"问题"上,用提问法启发客户发现并锚定"价值点"(机会),以丙方身份实施"以整体服务整体"的"护卫舰模式",为客户提供整体赋能。一个战略策划公司不应只提供咨询方案,还要通过嵌入式服务,参与客户的战略实施,并联合客户企业共同打造"活"案例库。

比如同行业的君智战略策划咨询公司,为确保战略的精准性、落地的有效性、策略的敏捷性,他们建立了"战略决策三角"模型。该模型以项目组为连接单位,设立竞争战略专家委员会、项目管理中心,共同对客户企业进行战略研究、决策会审。竞争战略专家委员会是"指挥部"和"参谋部",负责协助客户企业发掘并锚定顾客端认同的价值,制定正确的战略,规划战略周期中各阶段应达到的战略目标,制定将战略落地转化为成果的关键任务;项目组是服务客户企业的"先锋队",负责寻找竞争机会(价值点),协助客户企业团队在研发、产品、渠道、终端、传播等运营板块执行战略,帮助客户构建一整套运营管理系统;项目管理中心是服务客户企业的"联勤部",负责把控客户企业的战略执行节奏,并保障提供服务的项目团队的专业素养及匹配度。

东方战略策划的特点:

1. 搭建知识管理中心。知识管理中心聚集内外部智慧与经验,是显性知识及隐性知识的加工厂和生产基地,输出适用性强的知识产品,让知识资产得以最大化增值,为内部员工和外部客户搭建一个开放、共享的知识平台。知识管理中心主要负责组织实施知识产品生产、专业课程培训、咨询顾问培养、人才梯队建设等工作,分为商学院、知识产品、人力资源三大板块。

（1）商学院板块负责实施专业知识和管理知识培训，输出专业化、标准化、规范化的培训课程，帮助员工快速掌握所需知识，成长为专业人才或管理人才。

（2）知识产品板块负责组织实施知识产品研发、设计、生产，以各项目组和各部门知识管理员为对接人，收集总结相关知识及经验，通过整合、加工、评审等流程实现知识的标准化、专业化、规范化，推进隐性知识显性化、显性知识增值化。

我在读大学期间专门修读了人力资源管理，任何时候，人都是最首要的因素。

（3）人力资源板块负责组织赋能，实施人才培养、晋升通道设计、训练体系设计等。企业要想取得一定的发展需要加强对人力资源的变革，从内部管理入手，提高自身实力，建立健全企业内部管理机制，才能够完善企业发展平台。策划人力资源管理变革不能走形式主义，必须要从公司内部进行变革，从公司领导层到基层员工都要意识到人力资源管理的重要性，变通人力资源思维，加大对员工的重视，降低员工流失率。

策划人才队伍建设是人力资源管理的重要内容。人力资源管理要想取得良好的绩效，关键内容就是加强队伍的建设，提高人才素质，改革内部的人才队伍结构，使之与企业的发展战略相契合，提高企业的人才队伍素质。主要的做法可以采取加大培训力度和完善薪酬管理等方法。需要定期或者不定期地举行员工内部的培训活动，提高员工的工作效率，提升员工的工作技能。完善薪酬管理制度，采取多元化的薪酬管理方法，围绕"多劳多得，少劳少得"制定薪酬管理方案，建立公平公正的薪酬体系，不亏待每一个为企业付出的员工。

联合中国管理案例共享中心成立竞争战略教研坊，学习中国本土经典商业案例。竞争战略教研坊不仅可以成为知识资源库，更是助推产学研一体化的实战共创平台。通过打通产学研各个环节，在输送鲜活案例的同时，还能使员工所学知识更适合企业需要；同时促进智库在咨询实践中总结提炼的新知识、新方法得到更广范围的应用，助力更多中国企业的差异化竞争和中国管理理论发展。

关于企业文化的构造和建设。基于员工层面有很多员工会有抵触心理，加上对旧的企业文化的改革，可能会遭到自身利益的损害，所以个人层面上会受到很大的阻力。从个人层面来看，很多员工由于受惠于原来的企业文化而抵触新的事物，拒绝接受新的文化改革，因此，通过培训可以以循序渐进的方式提高员工对新文化的接受程度。并且在培训过程中培养员工接受新事物的能力，以及教授员工新的技能和引进新的思想观念等，从而改善员工对新文化的接受度，并且培养员工对新文化的认同，增加员工的工作满意度和对组织的忠诚度，有利于企业文化的改革。

关于专业能力的进化。通过复盘，不断迭代出相互关联又层层递进的人才培养三部曲：第一步构建能力体系，鉴定出能够获得成果的能力模型；第二步构建课程体系，将知识管理中心的知识产品与第一步中的能力模型相匹配；第三步将人与能力、知识三者匹配，形成一套"谁应该学什么""应该跟谁学什么""应该在什么阶段学"的训练体系，最终实现从理论知识到实践能力的进化。

几本书中，我还领略了王志纲老师的文采。我更敬佩王老师能在上大学期间读了7遍《资本论》，追溯其源头活水，或许王老师今日之智慧是从博学中活学活用的结晶。熟读《资本论》及结合王阳明、马克思、毛泽东三大思想家的精神，或许正为王老师日后得心应手的方法论打下了坚实基础。我也因此萌生了一读《资本论》和择机研究一下三大家的想法。正所谓：路漫漫其修远兮，吾将上下而求索。

本文结合了王志纲老师《战略》、智纲智库的成功案例以及国内外知名企业战略的分析和我本人的一些见解，我所理解的暂时还只是停留在概念的层面。实际上为一个企业乃至于政府制定全面的、详细的且可行的战略并没有这么简单，必须经过千锤百炼，不断学习总结，才能形成一套套行之有效的方案。从事策划工作，必须具有敏锐的思维及触角，必须不断进取，不断创新，思维及行动都必须具有前瞻性，才能跳出旧模式跨入新轨道。从事战略决策研究工作，我认为每一天都面临新挑战，能激发人的潜能。假以时日，我若能发挥所长，结合我在国外留学5年的见闻学识，中西合璧，让我们东方的智慧能被世界所用，将是多么美好及广阔的天地。故此，我希望能有这样的机会，加入这个智慧的策划团队，成为智库的一分子，开阔自己的视野和格局，创造和贡献自己的人生价值。

（此文为2021年大闺女代妍从澳大利亚研究生毕业后回国求职智纲智库深圳公司时按要求写的入职读后感，由本人指导完成，由于代妍从高中开始已近10年时间脱离了中文环境，不太擅长写中文学术论文或读后感。为此，在我的带动之下，母女俩2021年国庆假期前后在家一起埋头苦读了两本王志纲老师写的书后才完成了这篇读后感，最终令小女代妍成功入职智纲智库。感恩这段经历，让母女共同学习，一起进步。所有学习及成长的过程都是人生之路的财富。）

游泳之殇

我希望自己有朝一日能像鱼儿一样自由自在地在那河水里游，这是我儿时就种下的梦想之树。我发誓，我必须消除恐惧，我必须学会游泳，我也一定能学会游泳。尽管岁月悠悠，尽管我一日打鱼十日晒网似的，几年也没下过一次水，但我依然没放弃梦想。时至今日，我终于学会了游泳。我是极度恐惧水的，心有阴影，也必然事出有因。

小时候，大概从上学前班到上小学三四年级这四五年期间吧，一到夏天，我和同龄小伙伴们总是喜欢结伴到小河游泳，所谓的游泳，实际上根本就不是游泳，只是纷纷跑到小河里扑腾扑腾，或一起坐在水里戏水打水仗，或趴在浅水里学学狗刨罢了。那溅起的一朵朵浪花，便是我们最容易获得开心和快乐的源泉。

可是，谁承想，我因此差点闯下滔天大祸。

农村长大的孩子，小时候，放学回到家，当然是要做饭干家务活的，我也不例外。

有一天放学回家路上，我已和几位同龄小伙伴约好，回家放下书包后到河边见，但是，我每天放学回到家的任务是必须把晚饭做好。我想去游泳玩水心切，赶紧到厨房架起木柴生火做饭。一顿手忙脚乱，灰头土脸地好不容易把小火炉的火给吹着了，急急忙忙把做饭大铝锅往炉上一放，便一溜烟就往小河边跑。不光锅底忘了放水，里面隔水蒸饭的饭盆也只放了米，忘了放水。通常蒸饭期间可以安心玩上40分钟到1小时回来，柴火燃烧完，饭也就好了。

等我游泳回到家，老远就听见我妈正声嘶力竭地咒骂并倒水扑火，厨房已经冒出滚滚浓烟，锅底已经烧穿，米都烧焦着火了，从小火炉上掉下来的木头已经点燃了厨房的小柴堆。要是发生火灾，那可就火烧连营了，好几家叔叔伯伯的房子都是连在一起的。完了完了，我脑袋嗡嗡作响，胆战心惊地跨进家门，我妈见状，拿起木棍就要打我，惊魂未定的我撒腿就逃，一溜烟，跑得比兔子还快，直至晚上也不敢回家吃饭，最后是奶奶从房屋后草堆里把我找出来并护送回家，才躲过了一劫。

这次经历，仿佛是儿时的一场噩梦，从此，我再也没敢去游泳。

成人多年以后，直到1996年的夏天，下午下班后，我第一次随同三位会游泳的人去了一趟中山市京华酒店露天泳池游泳，实则我是想盛夏里跟着会游泳的人去泡水降温，觉得万一自己在成人泳区溺水，他们也能救我，肯定是安全的。结果带我去游泳的其中一位简直是"魔鬼"，明知我不会游泳，看我一直站在泳池边沿泡水，他却突然游过来，把我的头猛地往水里面按，不让我抬起头来，我恐惧万分，吓得在水中不断挣扎及呛水喝水，当时感觉对方要谋杀我。后来他松开手，我都不知道自己喝了多少泳池水，才从1.5米深的水中挣扎着爬起来逃生的。伤心恐惧交织，这又是噩梦一般的恐怖经历，"魔鬼"当年的行径，我到死也不会忘。我至今也没想明白他当时的动机，为什么要如此伤害我，仿佛有什么深仇大恨似的，让我仿佛度过了人生中一大劫难。从此，我几十年见到水就害怕，担心会被人推下水去命丧黄泉。但凡外出需要水路交通，我生怕会沉船被淹死。一见到大江湖泊或海水，我就仿佛走到了生离死别的边缘。

近天命之年，如今，我终于下定决心请专业私教教我游泳。因为我想挑战自己克服对水的恐惧，同时锻炼一下身体。经过每天下午学游泳一个小时，共学了8个小时8次课，我终于成功出师，其间虽然有几次呛过水，但有教练和救生员在身边保驾护航，有惊无险，都说不喝上几口泳池水，是不可能学会游泳的。每次学游泳之前，我一再叮嘱教练和救生员，务必盯紧我，若发现我在水中挣扎，必须马上跳下来及时救我，教练和救生员都笑我说：从来没见过这么怕死的人。呵呵！我当然怕死，上有老下有小，他们都还离不开我，更何况人若死了，钱没花了，也没来得及好好享受，多可惜啊！能好好活到今天，要感谢当年"魔鬼"的不杀之恩，才激发了我有生之年下定决心要学会游泳的勇气。

如今，我终于能自由自在地在水里游。感觉今年最大的成就和收获非此莫属了。感恩教练的同时也感恩勇敢挑战不断进步的自己。

2022年秋天于中山

心似莲花开

多少回梦见莲花盛开。在梦中，我已化作菩萨那朵莲。我站在水中央，心无杂念，当菩萨轻轻地飘落在我的心坎，我只管静静地绽放。

盛夏时节"接天莲叶无穷碧，映日荷花别样红"，注定载着我满心的期待，多想迎着高远的蓝天白云，乘着徐徐的微风，携手我爱，漫步在茫茫的荷塘小径，去纳一夏的清凉。

已记不清有多少个夏夜，我都在揣摩着文人墨客的莲花颂、咏荷篇。莲花娇媚的神韵和灵动的清静，又曾打动了多少人的芳心？是歌？是舞？是画？是吟？随君所欲也。

高贵的人，人生如莲，出淤泥而不染，无论怎样经历风雨和磨难，总是挺胸抬头，做谦谦君子，坚强不屈中亭亭玉立。有的人生，则如莲子，尽管心里很苦，也不肯说出来，把所有苦难深埋心间，默默地承受。莲花如报喜不报忧的人，总是把最美好的一面展现给了世间。

浑身是宝的莲啊，总是默默地奉献出所有。猪肚煲莲子，可是我们客家人的最爱，也是待客的上等佳肴。来一份莲藕煲猪骨，藕断丝连时的粉粉口感，也是我一份深深的纯真爱意，如丝如缕，绵绵不断。

当一朵朵莲花，已化作一举举莲蓬，我多想踏上碧波荡漾的孤舟，摘下清甜可口的莲子，滋养内心的荒芜，让幸福的芳香载我随夕阳归去。

又怀念起几年前我在后花园养过的一缸紫色睡莲来，旭日东升之际，待我踏入园子，呼吸着天地之灵气，看它们伸着懒腰，慢慢地绽放芳华。太阳落山之际，我回到家，它们已纷纷地闭上了眼睛，轻轻地睡去，睡莲总是静静地享受着夜的孤独和寂寞。

如今，我又脚踏晨光，随清风徐来。置身荷园，正聆听着花开的声音。一只翠鸟飞来，落在一片荷叶之上，晶莹剔透的水珠激荡在我的心田。夜晚，我多想偎依着星辰，枕着莲花的清香，构思出一首醉人的神曲，然后在花间翩翩起舞。韵律悠然，只见你左手把一盏明月，右手来一杯香醇，敬完地久天长，已醉倒在滚滚红尘。

尽管尘世间有诸多烦恼，圣洁的莲花，总是能带来一股沁人心脾的清凉。祈愿你我均能带着一颗慈悲心，当心中只有真善美，才能放下世俗的纷纷扰扰，忘却人间沧桑。过上禅意的生活。当念如菩提，方能心似莲花开。

公益之路

从小，我就见证了爷爷奶奶乐于助人的精神，言传身教下，耳濡目染中，我也能感受到助人后所带来的那份愉悦之情。

我从读小学开始，每年都要学雷锋做好事，而且当时我特别崇拜雷锋，我认为，雷锋就是我小时候的偶像。在学校及街头捡垃圾，到敬老院帮助孤寡老人，扶老人过马路，刮风下雨背年纪小的邻居去上学，等等，我都没少干，按规定，做了好事要把事迹写出来交给学校。而当年的我，常被称为"学雷锋"积极分子。当年，我心里美滋滋的，感觉自己像雷锋的粉丝，更像当了雷锋的徒弟一样荣耀。年少不懂事，如今想起来是多么的可笑。当然，也感觉儿时童真的自己似乎还挺可爱，呵呵！

或许我性格较直，爱打抱不平。看到当时老家农村有位老人不被善待，儿孙满堂，却无人关心及照顾，七老八十行动不便，驼着背还要上山砍柴，做饭，洗衣，像孤寡老人一样自己孤苦伶仃地生活。我实在看不过眼，放学就常常跑去帮助她。她的儿孙认为我多管闲事，邪不压正，对我心怀不满却敢怒不敢言。我妈妈生性胆小怕事，劝我不要多管"闲事"，免得邻里之间难堪。

我可不管，我认为正确的事，就会去做。背后有爷爷奶奶默认支持及撑腰，自知理亏的那些不孝子孙也不敢对我怎么样。我读书成年后离开家乡不久，老人家也去世了。她当年的凄惨模样，我至今记忆犹新，每每回忆起来都会心痛不已。

后来至今，几十年来，我不管走到哪里，路见不平，都想拔刀相助。只要我遇到身边需要我帮助的、我力所能及的，我都想出点力。如果走在街头，看到一些乞讨或可怜的老人，我都会换位思考，常常心疼得流泪，也会不由自主地联想起我天堂的爷爷奶奶。如果他们现在还活着，那该多好啊！

最近20年，我的条件及时间已允许我多参与公益事业了，于是，我用一大半时间处理公司工作事务，另外抽出一小半时间常常奔波在公益之路，用自己的行动及方式在小范围带动一些人为社会做了一些力所能及的小事，包括助学、修桥补路、助孤、助残、救助大病困难户，等等。我也是乐此不疲。其间，我的心得及感悟不少，也遇到很多伟大的、可敬同频的公益人。我最近决定写几位我比较熟悉的公益人、好朋友。他们的大爱及正能量，值得我永久记载并传颂。

公益路上，我遇见大多数是品德高尚、心地善良、纯心付出不求回报的纯公益人，但是，凡事没有绝对，也有反面。我也要吐槽一下，我也难免遇到过极少数每天披着公益的外衣，打着公益的幌子，到处招摇撞骗、骗吃骗喝、口若悬河、夸夸其谈、谎话连篇、唯利是图、沽名钓誉的伪公益人。识破之后，我都嗤之以鼻。没有关系，路遥知马力，日久见人心，最终他们都会被大家识破及揭穿的，都会被人所唾弃，我们自然都会屏蔽掉这些势利小人。物以类聚，人以群分。我们要守住初心做好自己，偶遇害群之马，我们当敬而远之，不同流合污就行了。

我的感悟是，做公益人、经营公益就像做事业一样，必须有恒心，要坚持原则；要内心足够坚定和强大，自己认为正确的、该做的事，就全力以赴，才能到达彼岸。浩浩荡荡公益路，难免会遭遇一些反对、质疑、挖苦、打击，甚至阻挠和阻力，问心无愧就行。不忘初心，方得始终，不能为名利所动，否则就失去了做公益的意义。我非常感恩广东好人肖金老师及《千岛日报》中华文化执行主编李伟辉老师和《侨星》杂志执行总编徐少同先生等朋友，他们都曾尝试采访我近20年来的公益事迹，连续八九年肖金老师都想推荐我参加"爱心奖"提名，一再想写关于我公益的题材及报道，均被我婉拒了。我不想也不该占用太多的公共资源，公益界比我优秀、比我做得好的人多了，我只是沧海一粟，我虽然一直在公益路上，但做得实在是微不足道，一如微尘。上述儿时的一些学雷锋经历权当趣事回忆一下罢了。简单做自己，心定心安乐悠悠。

近20年来，我常常会尽可能抽空参加一些受邀请的大型纯公益活动。交流心得，互相学习，取长补短，力求做得越来越好。尤其近10年来，我每年都有幸受邀参加在香港隆重举办的"爱心奖"颁奖礼。最是能震撼我心，能洗涤心灵。感恩这些磁场感召的力量，总是能让我感动万分，能量满满。在来自世界各地的获奖人介绍及发言时，我每年都会被他们的大爱故事及付出感动得热泪盈眶。相形见绌，公益之路，任重道远。我永远都还在学习成长的路上，我只想永远做个纯粹快乐的半职公益人。余生，一半公益，一半诗和远方、柴米油盐，我所欲也！还请有缘同频的公益人多多指教，同修共建精神文明的家园。

人间笑佛大笨象，大爱菩萨梁永宁

公益之路　广结善缘

多年来，我一直想为公益路上的好朋友梁永宁先生动笔写写他的感人事迹，却总是一筹莫展，感觉无从下笔。正因为我比较了解他，他每天都在马不停蹄地忙碌着各种公益，感人事迹多到不知该从何说起。我担心自己写起来会顾此失彼，错漏百出。

一晃，与老大笨象梁永宁先生结缘已有9个年头。9年前的冬天，受广东好人记者肖金先生邀请，我出席了由林添茂先生发起，由香港凤凰卫视协办的"爱心奖"。梁永宁先生当时就把奖金9万美金悉数捐献出来用于公益事业。

9年来，我们早已经结下了深情厚谊，时刻都在互相关注及鼓励对方，也常常会对公益事务进行交流。我们像亲人，更像公益路上的战友。梁永宁先生的安康和善举，时时牵动着我们的心。我们彼此尊重，都在以自己的方式为社会做事。只是，在他超乎常人的大爱及善举面前，我自愧不如，望尘莫及。德高望重的梁永宁先生，一直都是我学习的榜样。

我曾笑问梁永宁先生为何一直以"老大笨象"自居。他笑曰："我们广东人觉得大笨象可爱啊！还代表像大笨象有力量啊，我现在年纪逐渐老了,就在前面加了个'老'字。"确实,"老大笨象"梁永宁先生人如其名,就像个可爱萌萌的大笨象一样,永远红光满面,精神抖擞。虽然身体不好,行动不便,体形也不算高大,但他在我心中的形象一直如巨人般伟岸。他总是乐观地笑对生活及人生。每次见到他,都是笑眯眯的模样,特别和蔼可亲。我和几位公益界的朋友初见梁永宁先生时,都说他就像弥勒笑佛一样。不管谁有困难找到他,他好像随时随地都在线,尽力发动社会力量,全力以赴去救助他人,他仿佛总有一股神奇的力量,他慈眉善目笑眯眯的模样,活脱脱一尊笑佛。

生活吻之以痛,他却报之以歌

梁永宁先生在他8岁(1966年)的时候,得了"不死的癌症"强直性脊柱炎,长期痛得直不起腰来,与不治之症抗争了几十年。他一生经过多次大手术,置换了人工关节,包括脖子在内的全身躯干是僵硬的。他年轻的时候一直在韶关铁路局工作,从2005年退休开始,近20年如一日,义无反顾、不知疲倦地全心全意做公益。

梁永宁先生对困难的群体,常发悲悯的善心。他处处以积极向上的精神示人,影响及带动了全国无数身体有残疾的群体,这些人在接受过他人帮助之后,更加自立自强,从而参与到助人的行列中来。光是梁永宁先生发起并创办的"爱传递"团队成员就多达数百人,从一帮十、十帮百,百帮千,不断进行爱心接力。受助人员遍布全国各地,不计其数。

梁永宁先生的夫人,是一位非常善良可亲的人,她一直心疼丈夫终日劳碌奔波在公益事业上,看到先生如此执着于公益大爱事业，从不休息。随着年岁增长，她终日担心梁永宁先生身体吃不消，无法劝阻丈夫放缓公益的步伐，如此高强度的陪伴累得夫人都差点倒下了，这几年梁永宁先生只好和夫人分开了，夫人自己回乡下调理身体去了，而梁永宁先生选择了到韶关的启仁医院康养中心生活。梁永宁先生在康养中心得到医院董事长杨辉煌先生及医护人员的悉心照料及关爱，是善良遇见了善良，被善待及相惜。梁永宁先生认为这里是安度晚年的理想场所，从而使他更加安心地继续投入到公益事业中。常年病痛的折磨，也无法阻止他高强度地从事公益活动。

荣誉铺天盖地，始终脚踏实地

梁永宁先生一直是我们学习的榜样，也是公益路上一座难以逾越的高山，他是被千万粉丝簇拥的明星大V，更是公益行业的领军大咖，他不光是微博上热衷公益的爱心先锋，更是2013年阅读量最高、影响力最大的十大公益名人之一。他是公益路上的常青树，多年来，一直绽放着耀眼的光芒！近20年来，尽管荣誉铺天盖地，他始终脚踏实地，极其低调节俭，过着朴实无华的生活。

他不光是多个公益团体骨干成员，包括韶关市立德会监事长、深圳市崇上慈善基金会名誉会长、深圳市建辉慈善基金会理事、韶关市蜗牛公益互助协会名誉会长、广州市荔湾区肾病关爱中心监事等公益职务，还是儿童希望救助基金会2011年、2012年、2013年度杰出志愿者，韶关市乐善义工会最佳公益贡献奖、韶关市立德会特别公益成就奖、特殊贡献奖、共青团五星级志愿者、广东省让爱回家公益促进会爱心大使、尚丙辉关爱外来人员工作室2016年最佳爱心奖、广东省2016年十佳义工之一。

大爱无疆，爱遍神州

他的志愿公益范畴广泛，涉及助医、助学、扶老、助残、救孤、济困、关爱流浪者、被拐者、受虐儿童，解救受困传销人员，等等。在韶关麻风病康复村和福利院，轮椅上的梁永宁对康复者、孤寡老人们嘘寒问暖；在希望工程"南粤会亲"活动中，他和受助学生促膝谈心。在韶关，从2006年帮助尿毒症学生，到随后的曾小芬、小商放、刘必需、陈长娣小福娣祖孙、郭群凤聂三金母子、何荣球、廖佩欣、张丽珍、罗慧珍等，到揭阳的小如妹、清远的范庆琛五兄弟、四川的刘述琼……韶关和全国各地得到过他的帮助的人不计其数。患先天性心脏病的弃婴"如妹"被遗弃到揭阳紫峰寺门口，爱心人士把她送去了上海进行手术救治，因费用不足，梁永宁在微博为如妹求助。香港富豪、恒基兆业副主席李家杰先生看到梁永宁的微博后为如妹捐款3万元，为如妹雪中送炭，如妹在李家杰先生和其他爱心人士帮助下，得到了成功救治，正在幸福成长。2013年1月12日，英德市青塘镇范庆琛、范秀叙、范秀涌、范秀科、农燕军5个小孩把残留鞭炮的火粉取出燃放，结果均被严重烧伤，后被紧急送往粤北人民医院救治。中华少年儿童慈善救助基金会获悉后，打电话给志愿者梁永宁先生，他不顾重残的身体赶到粤北人民医院，帮助这些孩子申请慈善救助。后来，这5个孩子获得了中华少年儿童慈善救助基金会10多万元的紧急救助，脱离了生命危险。

曾小芬在她生前的日记中提到梁永宁："有一位梁姓的先生，他也是一位困难户，更重要的是，他是一位残疾人……在得知我的困难后，第一时间为我送来了第一笔捐款。"中央电视台曾派出摄制组为曾小芬制作了节目，其中介绍了梁永宁对曾小芬的帮助：2017年的一天下午，梁永宁收到他的"宝贝回家"志愿者伙伴"燕子"发来的信息，在广州东站附近发现一位精神状况不太正常的流浪人员，自称是韶关人，但是自己的姓名、亲人、联系方式都想不起来了，她想回家，但是找不到家，也不愿意去社会救助站。梁永宁马上把信息发上网，在乳源义工的帮助下，2个多小时就为这位流浪人员找到了也正在找她的亲人。第二天，她家人就来广州接她回家。

身为残障人士的梁永宁深刻体会到残友们遭受的痛苦。梁永宁通过微博争取到美国劳雷工业公司总裁、制片人方励先生的捐助，为乳源截瘫低保户刘必需提供了2万元善款帮助他的孩子解决学校寄宿费。加拿大华侨"随喜"也由梁永宁穿针引线，定期资助刘必需大女儿的学费。2016年9月30日梁永宁收到浈江区康园中心工作人员发来的求助信息，该区患小儿麻痹的残疾低保户罗惠珍因为哮喘发作，紧急住院治疗，医疗费超支，无以为继。梁永宁马上为她发起公益众筹，赶在国庆节放假之前，募集了3222元善款到罗惠珍账户，解了她的燃眉之急。

逢年过节，梁永宁都发起为贫困残障人士派送节日微信红包的活动，2016年春节为89位贫困残障人士派送了每人200元微信红包，2017年春节再次为131位贫困残障人士派送了春节微信红包。

2017年春节过后，梁永宁协助全国道德模范提名奖获得者袁存泉，发起为贫困褥疮患者免费派送1000份褥疮药活动。目前已经为全国贫困褥疮患者免费赠送褥疮药，许多饱受折磨的残疾朋友的褥疮得到治愈或改善。

网络义拍是梁永宁开展公益活动的一个全国知名的"品牌"。全国各地都有许许多多爱心人士通过梁永宁的义拍实现行善的心愿，也有很多需要帮助的人通过梁永宁的义拍得到帮助。现在，梁永宁几乎每天都在通过网络义拍，为公益慈善活动募集善款，从未停歇。

2013年儿童节前夕，梁永宁通过网络义拍等方式，募集了15750元善款，为韶关重型地中海贫血儿童家长会的42位患儿每人派送了一份节日礼物，并提供举办联欢活动经费，为来自各县区的地中海贫血家庭来韶关市区参加联欢提供交通费（善款收入和支出均在网上公布，接受地贫家长和志愿者、群众监督）。仁化贫困糖尿病女孩张丽珍需要一台维持生命的胰岛素泵，梁永宁通过义拍和其他方式，为她募捐了5654元，在其他爱心人士共同努力下，帮她购置了价值22000元维持生命的泵。南雄市罹患重型地中海贫血女孩廖佩欣也得到梁永宁帮助，梁永宁为她募集了2万余元善款，并争取到广东公益恤孤会等机构救助，2012年年底她成功接受了造血干细胞移植手术，目前已经读完书。廖佩欣刚领到她人生的第一份工资，就开始了爱心传递，虽然薪水不多，但仍捐出300元给一位遇到困难的韶关地贫患儿佳怡。廖佩欣的爸爸也接过爱的接力棒，多次利用自己工作的边角料加工成银手镯，委托梁永宁义拍，资助其他需要帮助的孩子。中央电视台著名主持人赵普捐献的书法作品通过梁永宁网络义拍，为一个来自河北贫困家庭的患胆道闭锁的女婴募集了7万元肝移植手术费，挽救了这个女婴的生命，目前这个女孩正在健康成长。

韶关市风情旅行社颜祯总经理，上百次通过梁永宁捐款或者拍下他义拍的物品行善助人。韶关九龄书画院何毅理事多次捐赠作品给梁永宁义拍，其中一次何毅理事的一幅《厚德载物》的书法作品就通过梁永宁义卖募集到5000元，帮助了3个急需帮助的人。仁化县城口镇极度贫困的学生陈燕妹姐弟的母亲智障，他们的父亲在田间劳动的时候疲劳过度去世，姐俩在校生活费无着落，面临失学。九龄书画院画家梁红专老师通过梁永宁的义拍，为陈燕妹姐弟募集了4000元，加上其他爱心人士捐款，可以维持陈燕妹姐弟的生活费到姐姐技校毕业为止。韶关蜗牛公益群群主秩文先生、韶关云门寺方丈明向大和尚、丹霞山别传寺方丈释顿林大和尚也多次捐赠工艺品或者墨宝，通过梁永宁的义拍行善救人。梁永宁通过自己的努力，为成千上万海内外各阶层爱心人士和大量需要帮助的人们之间，建立了一道道爱的桥梁，为很多急需要帮助的弱势群体雪中送炭。

梁永宁作为一名"草根"志愿者，以自己真诚不懈的努力和无私奉献，赢得了高度公信力和广泛影响力。他的新浪微博现有194万"粉丝"。他被评为2013年中国十大公益名人，微博2016年、2020年、2021年3个年度十大公益传媒大V，已发布了超过20万条新浪微博，他的爱心积分，超越了99%的微博用户。梁永宁仅计新浪微博一个新媒体平台，便影响了266万人开始关注公益，带动了5万人捐款，共募款847万元。他本人在新浪微公益，捐助过174个项目，捐款20000元。

梁永宁先生还通过腾讯公益平台捐款或者感召后受委托累计为503个项目播撒爱心，捐款566796元。

梁永宁先生向深圳市建辉慈善基金会账户捐款203760元，设立"爱传递"专项基金，奖励困境中的残障行善者。

梁永宁先生从没有统计过自己的公益数据，也无法给我准确详尽的答案，以上只是有据可查的一小部分数据及他的部分记忆，通过微信、QQ空间等新媒体和线下实地参加公益活动的数据更是数不胜数，根本无法一一罗列出来。

如今，得到"老大笨象"梁永宁先生的许可及支持，通过数次电话交流及更详尽的了解，文章终于写完。他是一位生命的勇士，遭受几十年的病痛折磨且坐在轮椅上的他还坚持给社会播撒正能量及阳光，给无数的人带来生的希望及温暖，他是当之无愧的时代楷模。我把他的正能量记载并传递给大家，希望大家都能为社会尽一些力量，一起参与到公益事业中来。至此，我想高歌一曲《爱的奉献》：只要人人都献出一点爱，世界将变成美好的人间……

久别重逢，逐光而行

与娜妹的结缘，始于6年前深圳的一场共同参观考察。人如其名，身材高挑，皮肤白皙，脸上总是挂着纯朴微笑的娜妹显得青春靓丽，婀娜多姿。娜妹格外引起了我的注意，我们一起共进午餐并互相加了微信，并一直保持了联络。再后来，娜妹带家人到过香港及中山找我与家人欢聚过几次，到过我公司，然后一起去朝鲜参观考察；一起去山东考察，一起登泰山，看日出……几年来有深度的交往并一直以诚相待，以心相交，保持着亲人般的联系。

人的相遇是如此美妙神奇。我一见到娜妹总是有一种母亲想爱自己孩子的感觉，就想着该如何关爱她，温暖并呵护她。母爱的光芒不由自主地对她瞬间泛滥起来。而她，见到我也有想哭的冲动。或许因为娜妹妈妈去世得太早，她太缺乏母爱了，如果有前世，或许我们就是亲人，今生的遇见就是再续前缘。

近几年因为不方便走动，我们只能通过手机保持着关心及联络。近日，我突然想见娜妹，于是，赶紧打电话给她，她让我3天内广州一聚，并说约上了多年来一直向我提起的一位和我神似的萍姐。她和我通话时，正和萍姐在一起。有缘总是会相见，我很想见娜妹的同时，也已注定是时候会会她一直向我念叨的那位和我最相似的萍姐了。我也想看看，萍姐到底是何方神圣？和我最相似的人会是什么样子？我特意调整了回港时间，赶到广州孝廉讲堂喝茶欢聚。果不其然，萍姐的出身、经历、所想所行确实与我有几分相似，遇见了久仰的高度同频之人，惊喜之余，感恩满怀，上午喝茶畅聊及午宴素食，每一细节及每一位新人的遇见都令我感动，更深感自己的渺小。人家萍姐更有福报，付出更多，比我成就大。在萍姐身上，真正让我看到了爱出者爱返、福往者福来、厚德载物之景象。我由衷地赞叹及为之折服，我应向萍姐及娜妹多学习，见贤思齐。

最令我欣慰及惊喜的是：当我看到早已在大门口迎接我的娜妹时，她红润有光泽的脸上正洋溢着幸福的微笑，眼睛清澈明亮。两年未见，恭敬谦卑的样子，淡雅的着装，浑身散发出喜悦的光芒。她脱胎换骨，温润如玉的模样更是让我心生欢喜及安然。

细聊之下，方知娜妹近年携家人一起跟随萍姐用心在为社会做各类公益，在传播古圣先贤的传统文化；在助人为乐，救苦救难。

常言道：近朱者赤，近墨者黑，你是什么人就会感召什么样的人到你身边来。我相信是娜妹的一片真心、爱心和善心把我召唤过来的。而我，正是寻光而来。这是吸引力法则，更是一种正能量的"量子纠缠"。

久别重逢，我的感悟是：当你活得像萍姐一样，像娜妹一样，努力让自己活成一道光，温暖别人，照亮别人，别人定能感受到温暖，让需要温暖及关爱的人逐光而行，向阳而生。

2023 年 12 月 5 日

生命的意义

上午我怀着恭敬的心情,踏着冬日的暖阳,初次走进彭兄的健康茶室。茶室明亮而温馨,摆设清雅简约,透着一股清流般淡淡的中国风。

听闻彭兄与人沟通水平极高,长期助人为乐,10多年如一日,帮助别人走出抑郁或困惑,并帮助了无数即将妻离子散的家庭走向一片和谐和光明。彭兄既像一名心理咨询师,更像一名心灵疗愈师。我想探究,彭兄到底有何人格魅力及高招?是什么精神支撑他一路走来?而我,都是每月偶尔有空或抽空才去做做公益。我能学些皮毛或他的精神吗?我心里直打鼓。

奇怪,闯荡江湖半生,早已经历过各种场面打磨的我,初见彭兄,竟然有刚踏进小学校门的学生初见老师的感觉。心里有些紧张,但见老师年轻帅气,面带微笑,目光柔和,温文尔雅中显出超凡脱俗的气质,我悬着的心终于安定了下来,很快淡定下来。

开篇仿佛已开启了生命意义的探索之门:讨论起如何才能超脱心灵与生活的压力,如何才能体现生命的价值,如何享受生命的喜悦，还要明白人死亡的归属。从人的基本需求出发，阐述与人息息相关的命题。

彭兄还阐述了该如何发扬爱：应从尊重、欣赏、祝福中成长，并用通俗易懂的语言及事例加以解析。而助人中又该如何启用好5颗心：面对不同的人会分别用恭敬心、清净心、欢喜心、感恩心、同理心，因人而异、因地制宜，并用一些事例及心得当场解惑。循循善诱，唯恐听众初闻不明所以然。

彭兄还引用了何尊的故事，并引述了青铜器"何尊"背后的原因，是"何尊"最早记录了"中国"一词，并讲述了"何尊"是如何被发现及被不同时期的人做不同用途，到最后被称为国宝的故事，"何尊"的发现及蜕变，让我感悟到：若不能人尽其才，物尽其用，将是荒废及枉然。人当反观自己，是否已找到自己精准的定位？该如何更好地发光发热？值得反思。

彭兄从始至终，引用了大量经典名人名言，妙语连珠，出口成章，有问必答，恰到好处。全然解惑，水平之高，令人折服。我仿佛看见了知识的宝库，淘之不尽，用之不完。终于遇见高人，三小时会谈，受益匪浅。感觉意犹未尽，相约后日继续。

下午到温兄茶室喝茶，温兄用两个事例说明了自己身为老师柔软的慈悲心。其一事例：某日，一位学生来找自己，问他："老师呀，我有时还是忍不住想生气发脾气怎么办呢？"他和颜悦色并轻声细语地回答："最好还是不发脾气，如果实在忍不住想发脾气，也请你小心一点，不要伤到了自己哟！"是何等的智慧和慈悲啊？何等柔软心啊？若你想到温兄的话，是否已经能控制住不再发脾气了呢？温兄的回答已深深触动到我的灵魂。温兄也讲述了自己从高薪的职业经理人岗位辞职学习并专门从事公益助人的心路历程，并已坚持了好多年。

  我从彭兄和温兄所言所行来看，他们感受到生命的意义及价值就是坚持每天都走在无私地助人为乐的路上。我也当重新思考生命的意义，如何才能在有限的生命里，从根本上帮助到更多的人。

2023 年 12 月 11 日

向何处去

第二回与彭兄喝茶学习时，我一直在思考该向何处去。

彭兄谈到如何才能成为心性高贵的人的命题，人首先要明白自己的使命是什么，在家学习助人及出家在外学习助人的区别，只是学习方便的一种方式，没有本质区别，一样可为。有价值有能量的生命体，是能从根本上帮助人改变，从心上着手，能照顾他人感受，并循循善诱，要明白度人即度己，帮人则帮己。帮人之时，正是练同情心、练忍受力的最好时机。

要明白当跟谁学。帮人之时，需因人而异，需懂进退快慢，若时机未熟，先定，定能生慧。

彭兄引用了大量古圣先贤的理论及智慧加以阐述，并讲明一切方法皆为调心之用。调心就是要从根本上正向引导及教化他人。

引用了大学之道：在明明德，在亲民，在止于至善。言下之意也就是教导我们大学的宗旨是弘扬正大的品德，并需将其应用于生活，让人达到最完善境界。知道目标指向，才能拥有坚定志向，志向坚定才能够镇定不躁，不急不躁才能心安理得，心安理得才能思虑周全，只有凡事思考周全才能获得所要的结果，凡事均有根本及始末，有开始就有终结。

几十年来，我到过无数学习场所，也接触过无数具有大爱情怀的公益人士、高知人员，却从未见过今日这般如此纯粹，水平层次都如此高的善良大爱群体。我不禁感慨：何其有幸！

该向何处去？此处是归途！

2023 年 12 月 13 日

三顾雅室

三顾雅室喝茶，继续品茶论道。我想找到答案：谁是我师？堪比圣人乎？

彭兄抛出问题：来人世间的使命是什么？并解析了慈善与公益及从根本上真正帮到人的区别。哪里需要我们，我们就到哪里去。全然以付出为乐，以宽恕为乐，以真诚为乐。这些都是心性高贵的表现。

当日新人的示现，以酒为乐，麻痹自我，坐立不安。

彭兄还引用了齐景公与子贡对话，堪称经典中的经典。子贡又叫端木赐，复姓端木，字子贡；能言善辩，仪表不凡，天资聪颖；是春秋时期卫国和鲁国的风云人物、政治家、外交家，富可敌国的大商人。他是孔子最器重的弟子之一（高徒），儒商鼻祖，完成使命后隐居山林。子贡的儒商之道是我最崇尚并践行之道。

齐景公与子贡对话之时，子贡对孔夫子的描述，堪比天人。

齐景公问子贡："先生的老师是谁？"子贡回答："鲁仲尼。"齐景公问："仲尼是贤人吗？"子贡回答说："岂止贤人，是圣人啊！"齐景公问："那他是如何圣明呢？"子贡说："不知道。"齐景公不高兴了，说："你开始说夫子是圣人，怎么现在又说不知道了？"

子贡说："我一辈子都是头顶天脚踩地，但却不知道天有多高、地有多厚；我跟着孔子学习，就像拿着瓢到江河里饮水，腹满而去，却哪里知道江河有多深呢？"

齐景公仍然不信："先生对仲尼是否过誉了？"

子贡说："臣哪敢过誉，我觉得还称赞得不够呢。臣对仲尼的赞誉，不过像是给泰山添了两把土，很明显根本不会增加泰山的高度；即使我不称赞老师甚至有人贬损我老师，也不过就用手刨去泰山上的两捧土，很明显也不能降低泰山的高度。"

彭兄引述了上述经典，让我重温经典，走进经典。仿佛已步入经典祥雾中……于是乎，连续几晚在家都埋头重温国学智慧及经典。助人同时被助，求知，学习成长，多好的良性循环状态啊！

从娜妹到萍姐再到彭兄，一路走来，维度上扬，我为人人，人人为我，处处利他，上善若水之景象随处可见，如此文明之天地，老师的老师是谁？谁才是我的祖师？我已步入探究之旅。

一路走来，我内心一直都在寻寻觅觅，等待着一位能让我醍醐灌顶的老师，却感觉至今尚未遇见。或许机缘未到。

2023 年 12 月 15 日

水知道答案

第四次与彭兄喝茶交流，我提出观点：人离世之时，若能坦然接受，并很好地拥抱死亡，将是最好的状态及完美的结局。

彭兄的观点：往往大多数人到晚年都是很惧怕死亡的。而我们对死亡的理解都是一种假象。往往 70 岁以上的人开始害怕死亡，因为感觉与死亡更接近了才会怕。越害怕，精神或身体上越痛苦。我们往往都不能预知生死，也轮不到我们怕或不怕，而是要让自己感觉活得有意义，有价值，到死亡来临的时候自己能觉得死而无憾就是最好的。如此解答，甚好。

但是，人不能只有信仰，也要想该如何去造福人类，每一个人来到人间都是有使命的。这就需要我们内修外行，内外兼修。我们要让自己修到清静心，不会被外界负能量所影响。表象再好不一定是真的好，这要看他自己的"感受"好不好。

道理通俗易懂，不置可否。但是，如何才能输出美好的感受，这需要言行的展现，比如，让人自在接受，利他之心，凡事换位思考，无私付出或奉献，以行动处处演化成一种利他的品质。

扫除悟道：当我午后被安排在饭厅体验扫除，貌似干干净净的桌椅，当我以欢喜心并认真细致用湿毛巾去擦拭它们后，不一会儿，胶桶里面淘洗毛巾的水已经显得浑起来。我明白了一个道理，凡事不能光看其表象，水都知道答案。心若水，需常清扫（观照），方能去尘垢。当用行动去感知世间人或物，才能知道真实的答案。

我也联想到近日看到触动灵魂的句子："吾有明珠一颗，久被尘劳封锁。而今尘尽光生，照破山河万朵。"且作一番解读，顿然感受到，我的心，本当如一颗闪闪发光的明珠，可惜已经久久被自己锁住了，如同被微尘所覆盖，倘若有朝一日能把所有的微尘都清扫得干干净净，闪亮的明珠将光芒四射，那光芒之强盛定能光照万里山河。正好，我的笔名就叫微尘。来自对《金刚经》一时的感悟所取。于是乎，我已把这句话改为："吾有明珠一颗，久被微尘封锁，一日尘尽光生，照破山河万里。"发到朋友圈用于收藏，亦作自勉，以试图时时能唤醒自己已久睡的灵魂。

2023 年 12 月 18 日

经典与生活

这是第五次学习了，博学多才的彭兄一如既往地金句频出，句句皆经典。而彭兄却一再谦虚地称自己只是老师众多学生中普通的一员，可想而知，老师的水平有多高。彭兄盛赞老师让我联想到当年子贡向齐景公描述他的老师孔夫子，子贡把夫子比作日月、天地、江海、泰山。让我萌生了一个想法：待它日若有缘，但求能得一见庐山真面目，去拜见彭兄的老师。

下午晓峰兄与我及5位刚学习不久的同学分享了他进入学堂学习的起因以及学习心得。原来，万事开头难，大家的遭遇及困惑都有些相似，我也相信，凡事若能坚持坚守正知正念，定能"守得云开见月明"。

在和同学们的共同学习中，我悟到：秉承与智者同行，与高人为伍，与德者同道，且让生命不息，学习不止，当成为国为民，以自己的方式，在人生的道路上发光发热，从而体现生命的意义与价值！

中华民族伟大复兴，需要文化基础和精神支撑。当下我们在学习古圣先贤，在学习并重温经典，走进经典。何谓经典？我对经典的解读是"句句皆芬芳，字字能生香"，都是我们中华民族的瑰宝。

  做一件好事或做一阵好事不难，难的是每天或一辈子都在做好事，学习也是如此。万事开头难，我感觉开始及坚持最难。当下，我也意识到并认同，我前半生所做公益，自认为一直在努力行善，但实际上大多数只能缓解当下暂时性的问题。若能从心着手，从根本上彻底去帮助或改变一个人，才是真正意义上的帮到人吧。

  人的灵魂如果没有方向或者失去了志向，确实容易在物质世界里面迷失自我，碌碌无为。这就需要我们坚持不断学习并从利他的公益活动中体现人生价值。"日日学习行善日日功，日日只学无为万事空。"

  心若水无杂念，心如海能载物。当打开知识的阀门，温故而知新，让思维像脱缰的野马，让文字的芳香，香飘四野。经典总是能带我到某种意识的彼岸。人的思想很重要，所以只管去学习及在利他的路上体验吧！不妨把自己当作一所实验室，不只停留在水面上随波逐流，还可以潜入传统文化或经典的海底，在不同层面感受真理。

  修身修为的成长路上，当脚踏实地，一步一步向前走，不要妄自菲薄。不管遇见谁，无论能走多远，人生的每一步都有意义，总能让人学到或悟到些什么，都值得永远铭记及感恩！

2023 年 12 月 22 日冬至于香山

责任与使命

第六次学习经典，适逢西方圣诞节。

上午与30位同学一起学习了国学知识，了解人生五业：学业、家业、职业、事业这前四业实际上就是人一生的责任和最基本的担当，第五业叫使命也叫圣业。我所理解的圣业，即正向引导他人，从行动及根本的心性上帮助他人，真正影响及改变他人向好。要修自己和他人的清静心、恭敬心和尊师重教的责任心。让人人都走上良性的循环和轨迹：格物致知，修身，齐家，治国，平天下。

有智慧的人，要时时明白和切换好自己在生命中的角色。如"何尊"的典故，启迪了我们，在家就是米缸，好好当米缸，在家米缸最实用。被认定了是国宝，那我就是国宝，从此不再做米缸。福慧双修一定要做好国宝和米缸的角色，要拥有国宝的心情，也要承担米缸的责任。

人若时时刻刻拥有利他的责任心和使命感，坚持从根本上去助人，这就是生命中最神圣且平凡而伟大的事业。是使命，也是作为。就会有机会在前四业中轻松获得解脱，才最有机会完善和优化前四业。

谈及电视剧《觉醒年代》带来的启示，如今，人人都应该与时俱进，时时觉醒，均当提高认知，打开思维和格局。

下午与欣姐及子丰兄初见，景文兄、晓峰兄主持讲学。心需往上走，身需往下修。阐述了杨定一博士真言：共修共建！杨定一博士曾表示，他要在全世界盖100万栋贫民住宅，建筑材料都是自己开发的纳米材质，外界不看好他，却未动摇杨定一的决心。他认为，一生想做的事，就去做，能做多少做多少，坚定信心去做正确的事。

晚上遇见晓燕姐母女，女儿如嫣泡茶，淡定从容，彬彬有礼。

孔子曰：老者安之，朋友信之。感恩天恩师德，感恩智者雨露。我正在此学习传统文化，努力重温国学文化经典之时，李博士一再提议说我对弘扬优秀传统文化成绩显著，要聘我为广东省传统文化促进会研究专家。最后，恭敬不如从命了。天意乎？似乎天意都在助我成长进步，助我必须重温经典，引领我走进经典。经典句句皆芬芳，字字能生香，此乃经典，是能永恒的真谛。

2023年12月18日

我的业余创作之路

这几年，我总爱抓住青春的尾巴，追逐梦想的脚步。回首翘望，越发感觉光阴飞逝，岁月如梭。时不待我，是时候该花点时间用在情怀上。心灵已在呼唤和呐喊着，正待我将尘封的往事打开，让指尖倾诉岁月的感慨。于是，业余，开始拼命挤时间，踏上文学及艺术的创作之路。

我从小就是兴趣爱好广泛的人，什么琴棋书画，说拉弹唱，体育，我都喜欢。我恨不得能有三头六臂，能使出个十八般武艺来。所以求知欲望比较强烈，写作也好，画画也罢，一旦动起手来，根本停不住。沉迷起来，总觉得时间不够用，这个时候，我就会乐呵呵地并豪情万丈地飙上两句《康熙王朝》的主题曲《向天再借五百年》："愿烟火人间，安得太平美满，我真的还想再活五百年……"

我写作画画和我做事业一样，专注一件事时，总是会努力去实现自己想要的结果。

每时每刻，我都在用心感悟着生活中的人间冷暖，感受着世间的一切美好，不以财富论英雄。德行高的文人墨客，才是我所崇尚的。儒商之道，才是我所向往的。文创之路，我要感恩的人和事，实在是太多太多，与每一位名家和前辈们的遇见，都堪称奇缘，都值得感恩记载。先借此概述一番我想记载感恩的部分文艺界贵人朋友，每每看到这些老师闪闪发光的荣耀，我内心总是无比感动及感慨，我何德何能？为何这几年想圆文学艺术梦之际，总能感召到像张文峰老师、蔡宗周老师、赖海晏老师、陈耀宗老师、李伟辉老师、池朝兴老师、陈万鹏老师等杰出的前辈指教助力。这些年结识的朋友们全是些德高望重的老前辈，还有广东星海音乐学院蔡松琦院长、今已102岁的老画家谢广海老师、香港名画家苏崇云先生、澳洲名画家张俊鸿先生、广东名画家梁欣基先生、李正天前辈、周华老师、陈汉民老师、蔡敏老师等。特别感恩以上遇见的每一位大咖前辈。所有的相遇都有着感人的故事，待我择机再做记载。日后，我的书会努力把我生命中的一些善缘及人间正能量记录下来，当记住别人的好，感恩这些善缘，他们都曾经照亮过我的人生旅程。在我成长的过程中，他们都滋养过我的心灵，让我的人生得到充实和升华。

不惑之年以前，我一直在起早贪黑忙于生计及家庭琐事，想抽时间写写画画根本不可能。近几年，世间太多无常及不确定因素对我的生活带来的冲击和影响，才让我重新审视及规划自己的人生。

人生的所有过往，皆为序章，即使曾经披满荆棘，也错失过鲜衣怒马，唯独我对生活的赤诚和热爱之心，从没变过。虽然走得很慢，却从不言退。我慢慢总结及发现，高度认同"花看半开，酒饮微醺"，这是《菜根谭》之高论及佳趣。凡事适可而止，才能华丽转身。自我的不断超越都是一段段美好的记忆，进步和成长就是走向成熟和蜕变的过程。人生中太多对事业或金钱的无限追求及一些不同频者之间的交际及应酬，都是可以省略的，都是在浪费生命及做无谓的消耗。这几年，我开始学会给自己减负，开始放下执着的一些人和事，开始做减法，放慢脚步，每晚让自己静下心来，享受着孤独，转而开始做喜欢的事。于是，我常常在无数的黑夜里，以舞动的笔尖，抵抗着世间所有的孤独，点燃了心中的星辰大海，乐在其中！

近年来，我时而会沉醉在文学创作之路上，当我拥有强烈的创作冲动时，不写都不行。灵感一闪，才能得心应手，一气呵成。半夜也得赶紧爬起来写上一段或一篇。有时，我在开车的时候，突然想到好词好句或好题材，也会赶紧把车停靠在安全地带，赶紧记录下来，不然，很容易忘却了所有。当创作激情的阀门一旦打开，动起笔来，思绪即如涓涓细流一般，从记忆的长河缓缓奔向远方。瞬间铺满了一纸素笺。这种喜悦之情，溢于言表。

若是有时给我来一篇命题作文，为写而写，就会感觉写作是一件很烧脑的事情。纵然使出吃奶的力气，费尽心思，绞尽脑汁，也难写出什么花样来。此时，最能深刻体会到呕心沥血的含义。

业余创作确实不易，为人母及子女。家里家外，父母及孩子，公司及社会职务之间总有忙不完的事、操不完的心。有时还要出差去香港、深圳、佛山和广州等地，还要抽时间做些公益。为了挤时间写点东西，我常常要忙到晚上10点以后才能抽出时间来做自己喜欢的事，尤其近几个月，为了赶创作书稿的出版，我已连续近3个月每天晚上忙到凌晨一两点钟，早上七八点钟起床工作。常常连做梦都还在思考及创作中，有时觉得大脑根本休息不下来，缺觉感严重。我已暂停了健身、旅行、运动及一切应酬，才赶出一定数量的作品来。我感觉，凡事必须趁着激情，必须一鼓作气。常常正在静心创作时，我突然接到工作电话马上要处理事务，只好搁笔，思路被迫打断，计划一个晚上写完的一篇文章，经常被电话及事务打断，要几个晚上才能完成。每一篇来之不易的作品诞生，我都特别珍惜及欢欣，累并快乐着。

我也很享受国画那种提笔定天下，一笔定乾坤的感觉，创作国画要认真细心，容不得出一点点差错。大小白云尖毛笔、碟子、宣纸、卫生纸、试笔纸、颜料墨水和印章，一个都不能少。宣纸上落笔轻重和墨汁浓淡的颜料把控很是讲究，更是容不得半点马虎。国画的山山水水、花草树木，最能体现出诗情画意的境界。若能用心雕琢，运笔自如，定能江山美景如画，鸟语花香呼之欲出，最终让尘埃落定在一纸繁华之间。

我更爱工笔的规规矩矩和线条的讲究，色彩的细腻和层层蝶变，画过的每一笔，如人生中走过的每一步，一笔一画总是能带来质的飞跃，我享受着色彩的层层叠加带来的一丝丝变化。

我酷爱油画的多姿多彩，那是千变万化、天马行空的感觉。一旦动笔定型，刷起底色来，我像一匹野马，使出大师般的勇气，呼呼地，大笔挥舞，唰唰唰，色彩的大胆混搭和叠加，让我误以为自己被凡·高或毕加索附了体，几笔就让灵魂出了窍，我尽管大胆地随心所欲涂鸦，或加加减减，或浓妆艳抹，沉浸在神秘而缤纷的色彩世界里，顿时神清气爽。因为油画可塑性强，错了没有关系，随时可以叠加。不喜欢，也没有关系，随时都能更改。怎么高兴怎么来，直到自己满意为止。有时计划一周内完成一幅画，因为忙碌，往往一两个月才完成。

迄今为止，虽然自我感觉写写画画的水平一般，但是随着时间的推移及沉淀，时不时还能得到贵人指点一二，也能感受到点滴的进步和喜悦。我认为，文艺之路，像是我生命中的绿洲，给我带来了无限的希望和力量，文学及艺术都是有生命力的，作品都是有灵魂的。吾当继往开来，持续点燃热爱的激情。我相信，纸笔墨的碰撞和时间的叠加与沉淀，定能让迷人的色彩开出美丽的沙漠之花，定能让文字的芬芳散发出淡淡的清香来。

文创之路，学无止境，我当继续努力！

恩师张文峰

我是个小企业家，但我觉得我全身充满着文艺细胞，我写诗作文，想当作家；我画画写字，想当书画家。而当我跋涉在文学创作的道路上时，有幸遇到了我的贵人、我的恩师张文峰老师。

张文峰老师退休前是原广东省人口信息中心主任，《广东人口报》总编辑。他在20世纪80年代中期已加入广东省作家协会、广东省音乐家协会，曾任广州《黄花》文学杂志主编、广州东山区文联副主席、《中国金报》记者，是一位老资格的文化人。他是上一届广东省侨界作家联合会会长，现为中国散文诗研究会常务理事、世界华人文化研究会主席、广东《侨星》杂志社社长兼总编辑等，已出版小说集、诗集、散文集十部。他是书法家，是广东省书画家协会副主席、广州市书法家协会会员。他又是音乐家，是中国声乐家协会会员、广东省吉他研究会副会长，在省、市报刊发表歌曲数十首，曾为多部电视专题片创作主题歌。

多年来，我无数次被文峰老师的真诚、正直、善良、大爱感动着、温暖着。

文峰老师的热心肠是出了名的，但凡有朋友请他帮忙，只要是力所能及，不管有多忙，他都能做到。比如，我出四本书，每一本书都请他给书名题字，他二话不说，就帮我写；我出第二本书时特别仓促，急需交稿给出版社排版，我中午12点左右打电话告诉了老师，他下午13：30就把题字（多种字体）发给了我，供我挑选。

我出第一本书的时候，由于我还是个小白，什么都不懂，从选题，到起书名，乃至分章节，凡事不懂就请教文峰老师，他总是不厌其烦地全力帮助我，还花了不少时间认真读完全书后帮我写了序言，洋洋洒洒写了三千多字。如此细致入微，令我喜出望外。

第一本书出版后，我准备开发布会。当我把这个想法告诉文峰老师时，他像帮自家亲人办喜事一样，全方位地协助操办，为我设立了一个邀请出席人员群，在群内帮我做各种安排，处处想着为我节省费用开销，为我减轻各种压力负担。他为我安排了优秀的主持人和拍摄者，准备了横幅，还请了几位书画家当场赠送字画，安排诵读我的作品，上台献唱搞气氛，等等。我看到老师当时在群里面交代大家："请所有人当天按时到达，不要提前一天到达，给生红增加麻烦。"（发布会在我的老家梅州平远举办。）当天下午开发布会，大家上午从广州开车过来，近四百公里，路途遥远，还是挺辛苦大家的。

一切行动听指挥。文峰老师做事讲原则，守规矩。如果有人做得不够好，他会毫不客气地批评指正。如此正直、果敢的做派，更是令大家敬佩。我的好朋友，广东省侨作联副会长蒋晚艳多次跟我说，张文峰老会长人实在太好了，凡事处处都会为别人着想，正直又善良，能力强，水平高，我们都特别敬重他。晚艳说出了我们共同的心声。

文峰老师是个雷厉风行的实干派，反应及思维特别敏捷，绝对是一位做大事的好领导。当我跟他说起我第一本新书的发布会准备在我的家乡平远举办时，他当场问我："正在准备的上百个礼品袋能否采用经久耐用并实用的帆布材质？能否印上我们广东省侨作联的字样和书名？能借此机会由我来创办梅州地区第一个创作基地？以前一直有人说要在梅州组织成立创作基地，但几年来只见雷声不见雨点。"我当场拍手叫好。一举两得的事，我何乐不为呢？于是，我们马上行动，他当天就挥毫泼墨，我马上安排助理找人刻成基地牌匾。场地安排，基地任职人员安排，时间安排，邀请当地镇书记及县侨联相关人员出席，等等，从筹备到完成，我只用了几天时间，就把新书发布会及平远创作基地成立，并到风景名胜采风的两天两夜都安排好了。

文峰老师性格刚直还特别风趣幽默。他声情并茂的演讲伴随着朗朗笑声，常常引得我们开怀大笑。

文峰老师是个眼里容不得沙子的人，当他发现极个别人在利用我的善良唯利是图时，实在看不下去，就语重心长地提醒我：孔子曰："益者三友，友直，友谅，友多闻，益矣。"善良不能总是被这类人利用，要懂得拒绝并远离。感谢文峰老师的谆谆教诲，我已及时反思并做到时间金钱双止损。能得良师如此百般呵护，真乃三生有幸。

文峰老师最让我敬佩的一点是，他对夫人的尊重和疼爱。多年来，只要他和夫人一起外出，总是挽着夫人的手并肩前行，是如此温柔和体贴。他们一辈子不离不弃，相濡以沫，相敬如宾，让我看到了人间爱情最美的模样。有时，夫人跟我聊起年轻时他们谈恋爱的趣事，他们都会一起笑着，笑容是那么灿烂和纯真。

夫人就像个开心果，总是开开心心的样子，常让我想到美好的爱情："我陪你看世界风景，许你一生的欢颜。"文峰老师告诉我，他的夫人很善良、很单纯，对他很好。我相信，幸福都是双向的奔赴，是你们彼此用心温暖着对方，才共同拥有了这份美好生活！

我和文峰老师一见如故，是忘年交，是同频的人。感恩今生的相遇，让我拥有这份亦师亦友的美好缘分！

第二辑

亲情篇

Chapter 02

老屋厨房顶上那一缕缥缈的炊烟,总是飘着我长长的思念,尽管天涯路远,哪怕山高水长,总是萦绕在心头,在梦里袅袅盘旋。

又见炊烟升起

家乡的百年老屋,已经几十年没住过人,苟延残喘好些时光便成了年久失修的危房,几年前终于在破败不堪中拆除了,拆得只剩下依稀可见的地基痕迹,地基内杂草丛生,说不出来的荒凉。每年回老家,我都会伫立在老屋前建的新屋顶上,俯视着充满儿时记忆的老屋,久久无法释怀。那可是我出生及成长的摇篮,梦里永远的家园。

老屋厨房顶上那一缕缥缈的炊烟,总是飘着我长长的思念,尽管天涯路远,哪怕山高水长,总是萦绕在心头,在梦里袅袅盘旋。

老屋,有我剪不断的温情。记不清有多少个一日三餐,是我陪着奶奶,用榾箕烧火,火苗贪婪地舔着红红的锅底,我用火钳拨弄着榾箕,让榾箕那些扯不断理还乱的缠绵化作灰烬。奶奶围着围裙,手把锅铲,在大铁锅里来回翻铲着,吭哩哐啷声中,一盘又一盘的菜肴,在奶奶的一阵忙碌中,热气腾腾地出现在了灶台上。负责烧火的我,馋得口水直流,做饭的时候,常常已经饥肠辘辘。趁奶奶转身舀水准备洗锅的瞬间,我以迅雷不及掩耳之势，早已把手伸向了碗中的红烧肉，抓起一块塞到嘴里。直烫得嗓子冒烟也不敢发出声来。我赶紧转过身去佯装拿柴火，快速把嘴里的肉三下两下咽进肚子里去。哇！肉汁四溢，让人唇齿留香，回味无穷。奶奶是比较讲究的，绝对不允许我们用手抓菜偷吃。可是，惊心动魄地在奶奶眼皮底下偷菜吃的把戏，没少在炊烟袅袅的老屋厨房上演。

老屋门口的屋檐下、木梁上，乳燕垒的泥窝处，我总是能看见燕子们忙碌的身影，燕子妈妈站在泥窝沿边喂小燕子时是最热闹的，小燕子们叽叽喳喳地欢叫个不停，我就会忍不住开心地学几声鸟叫，燕子的呢喃，陪我度过了难忘的童年时光。

燕子不知何处去，奶奶已经在天堂，双眼开始模糊，归路显得漫长。异乡漂泊时，我心中常常会默念故乡，疲惫时，对着清风流云一声长叹，叹那回不去的从前。落寞时，仰望着故乡山那边的星空，任由思绪流连忘返。心田吟唱着一首忧伤的歌，心海已升起一片孤独的帆。

儿时，年关将至，年味正浓，炊烟也格外耀眼，家家户户磨豆腐，炸年糕，一家人会围在厨房热热闹闹地一起准备年货，谁家的炊烟最长久，冒得越欢快，必定是年货最丰盛，厨房的欢笑声也会更持久。

无论我走多远，也走不出对故乡的思念。在心里，在无数的梦里，又见老屋的炊烟袅袅升起。

（2024年2月26日《梅州日报》刊登）

夏日喜讯

初夏闻友喜添孙
刚到人间已自强
手舞足蹈献笑脸
亲友齐贺降吉祥

热情洋溢的夏天,小区楼下的火凤凰正如火如荼地绽放着。这周每天都是阵雨或雷暴天气,伴随着具有南方特色的回南天及第一号台风的降临,人格外容易烦躁和犯困。感觉急需一剂提神醒脑良方才能更好地工作。

今日下午正在埋头办公,昏昏沉沉的我办事效率出奇地低,手机冷不丁传来一条短信,精神为之一振,好家伙,醒脑良方即至,天降大喜讯!师傅的铁杆哥儿们、同学吴总第一时间给我发来喜信:"好消息!你师傅荣升外公,婷婷刚在江门保健院顺产6.5斤男宝,一出生活力十足,睁大眼睛配合照相,表情呆萌,可爱极了,你师母全程陪伴照顾……"我的天,我的心瞬间被吴总描述的画面萌化了。

估计师傅师母正沉浸在幸福中，还来不及向亲友们报喜。师傅师母比我大几岁，婷婷也才比我闺女大几岁，我一直把师傅师母当尊敬的长辈对待，两家人互相欣赏并一直呵护和珍惜着人生中的这份善缘。

当年缘聚夏日，今夏喜报来袭。今年可算是等来喜讯，沾到喜气了。开心的我放下手头工作，幻想着师母小外孙的可爱模样，幻想着日后自己当外婆时的模样……

我已插上思绪的翅膀，飞向八年前夏日缘聚黄山的情形：我从中山带员工及日本同事去黄山旅游，师傅梁生随数位几十年交情的老友和同学吴总等从江门出发，两组人马两桌便是一个团队。由于当时正值旅游旺季，山上一房难求，入住的条件出奇恶劣，潮湿且不足15平方米的房间里摆了5张木架上下床，10人一间房。床上的白色被子和枕头发黑，又脏又臭，已不知睡过多少人，也不知多久没洗，大家在袜底味，汗臭味，鼻鼾声，山风呼啸声，蚊虫骚扰声……令人作呕的百般滋味中迷迷糊糊度过了人生中最煎熬的一宿，这一宿竟成了大家8年来开心的谈资和笑料。

旅行本修行，再惨痛的经历也丝毫不影响我们热爱生活和大自然的美好心情。第二天，我们满血复活，一起欣赏最美日出日落，黄山仙境令我们大饱眼福，登黄山，天下无山，观止矣！日本同事恒冈及师傅梁生都是极度风趣幽默豪爽之人，每天负责逗乐，常常让大家笑得前仰后合。十多位有缘人一起度过了人生中最难忘的一周旅程。

后来我们又一起开启了日本之旅、梅州之旅、广州之旅、中山之旅……每次旅行，大多以家庭为单位，师傅师母及女儿女婿一家四口，总是温馨浪漫，母慈子孝，其乐融融。

只要我经过江门，师傅告诉大家我来了，这帮老朋友无论多忙必定赶来相聚。只要我打个电话请师傅师母过来中山一聚，师傅一声令下，这帮朋友保证风雨无阻，浩浩荡荡带上家人，说来就来，不惜横跨一个市，都给足我面子前来捧场相聚。两个多小时我们一共召集了三桌亲朋好友，有朋自远方来，不亦乐乎，令我喜不自胜，感动不已。我的原班人马也保证全部到位恭候。彼此的深情厚谊让我们都能感受到呼风唤雨的力量，人生豪迈，莫过如此，亦该当如此。每次相聚大家都是感恩不尽，开心满满，幸福满怀，保证从见面一直欢笑到大家散去。

8年来，我尊称梁生梁太为师傅师母，何为师？缘于他们年长于我，他们是地道广东老乡，"60后"，武汉大学同学，相恋于樱花树下，生性乐观，乐于助人，几十年来相敬如宾，教子有方，夫妻情重，父女情深，知书达理，尊老爱幼，师傅师母做人做事都是我的楷模，他们都是我人生中的贵人，两家人一直亦师亦友般交往。师者莫过如此，当之无愧！

师傅是有名的理财高手，多年来数次帮我，我也曾尝试学艺，无奈跟不上师傅同时操控几台电脑，飞快敲击键盘的节奏，遇上数据分析，我秒变生性愚钝、孺子不可教、朽木不可雕的学渣。加上对资本市场的敬畏之心，我很有自知之明，一直在做旁观者。

4年前师傅爱女大婚，我和三妹荣幸出席，当师傅依依不舍把爱女交给女婿并动情发言时，感动了所有嘉宾，至今历历在目，我也感动得热泪盈眶，当时我在想，他日轮到我嫁女儿时，定也如此万般不舍。

　　做人爹妈当如师傅师母,当人儿女应如婷婷小两口。师傅和美的一大家子在我心中就是人生赢家,拥有幸福该有的模样,祝福新生的小宝贝健康成长,聪明活泼。阖家幸福安康。

　　(2020年5月24日《当代美文》杂志作家平台发表)

吉祥三宝

从未想过,你会一再带我浪迹天涯,开启一场又一场的自驾之旅,从武夷山到辽阔新疆,其间更向我许下庄重诺言,一定要带我去看你心中最美的吉祥三宝——日月星辰,要带我去数星星。真是服了你,你怎么能想到要将我们前世友情偷渡到今生,要带我去感受那份诗意般人生,这可是我从没敢奢望过的心中真正的诗和远方。你可不能把我当成了娇滴滴的浪漫小公主哦,小芳姑娘!

半年后,闻我探亲归来,你叫上了兄弟,带上了夫君。为咱俩保驾护航,风餐露宿,彻夜未眠。去登家乡粤东群山之祖,阴那山云海之巅。观那繁星点点,寻那众星捧月,看那最美日出。

我们仰望的日月星辰,一直是我心中最神圣的吉祥三宝啊!试问,人世间谁又能少了你们?青春年少之时,我从未如此激动过,更未敢如此随你"肆意痴狂"。

初冬的梅州,茫茫的大山荒野,已寒风刺骨,却挡不住你我对生活的热爱,绵绵的长夜,陡峭山路也拦不住我们前进的步伐，就让我们在凛冽寒风中把风骨挺起来，一起去拥抱我们热爱的生活和美景吧。无须手机电筒，星星和月亮早已恭候多时，点亮了我们的去路。

星星都在忽闪着大眼睛向我们问好，天空挂满美丽的神话及传说。牛郎和织女，正遥遥守望，眼里一直闪着泪光，正在诉说着无尽的相思。

芳姑娘指向夜空耐心地教我识星：仙王座，天龙座，启明星，北斗七星……星星相印，整晚最亮天狼星，三星高照入冬来。人间缘尽时，我多想化作浪漫的流星雨。划破长空，光泽万物和你。

芳姑娘，此刻，我心早已暖流汹涌，写满感动，好想让明月做证，摘颗星星送给你，纪念今天这个"伟大日子和壮举"。

黎明前的黑暗过后，星星月亮已陆续下班。云海深处，火红的太阳已粉墨登场。霞光万丈，开启了一天的美好，芳姑娘。那似你发出的光芒，照亮了我的心房。只要有你在我身旁，我就一直被你朗朗的笑声和贴心的温暖围绕着。从相遇、相知到相惜，收获的除了感动，就是无尽的感恩，全是沉甸甸的幸福果实。我的发小同学怎么那么幸运，娶到了你这勤劳智慧如笑星般的福星！

星星的眼泪，早已化作露珠点点，沾湿了我们的下山衣裳。

（2020年3月28日慈怀诗会发表）

我不想长大

我本生性开朗，属于那种没事偷着乐型，我是常常陶醉在琴棋诗书画中自娱自乐的一朵开心奇葩。谁若问我多久没过儿童节了，我会大言不惭地回他：每年都过儿童节。只要我喜欢，甚至每天都是儿童节。从小至今，我打心里就不想长大。反正每年儿童节这天我都会跟孩子们一起放飞自己，我家娃都笑妈妈每年这天好幼稚。幼稚又何妨？谁幼稚，谁快乐。我可不管那么多。

生在阳光下，长在大山里的我，曾经是个小孩子；现在是个大孩子；等我老了，头发白了，充其量是个老孩子。人老心别老，永葆一颗童心，努力做个老顽童，我想：这个真的可以有！

且让我生如夏花红，荡起六月快乐的双桨，激起孩童时的涟漪吧。

开心无价的童年时光，让我记忆犹新。每年盼星星盼月亮等来儿童节这天，我会穿上当时唯一引以为傲的粉红色碎花的"的确良"上衣，配上小喇叭裤（20世纪80年代大人小孩的时尚标配，记忆中这套衣服我至少穿了三四年，奶奶帮我定制的时候特意做大了一码，只有过年过节和喜庆的日子才小心翼翼地拿出来穿），再请妈妈替我扎两条羊角辫，戴着红领巾，我搬来粗糙的小板凳，统一到学校露天操场看一场免费的儿童电影，当时几乎一年只能看这一场电影。散场后三五位左邻右舍同龄小伙伴会一顿瞎逛，或上山摘李子吃，或进山摘野生杨梅吃，或到某个小朋友家捉迷藏，或看小人书连环画，或一起去小溪边网鱼虾……怎么过都觉得特开心，就这样很快度过了十年八载的儿童时光。

我很小的时候，尚没有生育限制，每家小孩子都是三五成群，大人们都没闲工夫理会或陪伴孩子。我们都是放养长大的，那是物资匮乏及资讯闭塞的年代，社会关系简单，孩子们度过了天真无邪、快乐无忧的童年。我们几个小伙伴在儿童节这天，在有父母特许的情况下可自由活动，就算到小镇四处游荡一天，也是绝对安全的。

从少年到成年再步入社会，儿童节这天我都会想着法子犒劳自己，提醒自己要像儿童时期一样开开心心。哪怕给自己买个冰棍或甜筒，从嘴里甜到心里，重温快乐的真谛。

22年前大宝降临，相隔12年后小宝诞生，这期间欢庆六一儿童节的规格随创造的劳动成果不断升级。这天我肯定都不去上班，保证陪娃开心过节，有时带上几个妹妹的孩子们，我俨如儿童团团长，一起陪大家逛书店买新书、买玩具、添新衣服、买新鞋子、看电影、去迪士尼或海洋公园等游乐场玩、吃自助餐，甚至全家到酒店吃住一天……借此机会有福同享，都来沾光。每年给孩子们买礼物时，我都会买一份属于自己的礼物取悦自己，人生得意须尽欢，又岂能亏待自己？

儿女在父母眼里永远都是孩子，我的小宝才10岁，转眼间，大宝已22岁，在异国他乡已求学5年，每年"六一"我都会有所表示，用语言及物质祝福大宝，提醒她童心勿泯，永远快乐。

欢快美好的6月来临之际，祝愿大家永葆童心，天天都过儿童节。

（2020年3月15日由远方诗歌文化传媒发表，2021年《平远学习与实践》第15期刊出）

我的爷爷

爷爷离去已整整30个年头,如果健在,他今年已经94岁了。

每年清明,我都会争取回家乡平远给爷爷奶奶上坟,今年清明因故不能回去,我心情格外沉重。深夜依然无法入睡,索性提笔寄托我的哀思。

爷爷是老牌大学生,当过校长。我小学几位老师及中学校长都曾经是他的学生。爷爷酷爱文学,颇有文采,家里有不少文学书籍:唐宋诗词歌赋、四大名著、巴金全集、古龙小说、金庸小说,还有鲁迅、胡适、郭沫若、叶圣陶、秦牧、茅盾等名家的作品文集,我从小就见他时不时写稿投寄到报社登出个小豆腐块回来。还常年订了三款报纸:《文汇报》《南方日报》和《梅州日报》,当年交通不便,报纸也是一周才能送两次,听到熟悉的丁零零、丁零零单车响声,就知道是送报的叔叔到了,我撒腿就跑出去给爷爷接报纸。如果爷爷有投稿,我就随手把投稿信封再交给邮差叔叔寄出去。

爷爷的书法小有名气。每年家里的、邻居的、村民的对联都会请他写,按我们客家习俗,谁家要娶亲办喜事贴对联,均请爷爷帮忙，他总是有求必应，还从不收取人家的任何费用。所以，我家常常能沾到喜气，吃到喜糖喜饼等答谢的小食物。

爷爷的房间，四五十年前就放着他当年引以为傲的两样家用电器：留声机和收音机，时不时播放着邓丽君、蒋大为、凤飞飞和龙飘飘的歌曲，爷爷是标准的男高音，常常抱着孙子从屋里唱到外面小河边，悠扬的歌声能传到大半条村庄。爷爷生了6个儿子、2个女儿，孙辈有20人，所以，从我记事起，爷爷总是要抱孙子，由于当年客家男人比较重男轻女，爷爷总是喜欢抱孙子而不怎么抱孙女。抱孙女的任务就交给了奶奶。听说只有我小时候是例外，因为我爸是爷爷的长子，而我又是第一个孙辈，所以爷爷格外疼我，没少抱我。我从小嘴巴甜，爷爷到哪里都喜欢带着我。在那物资奇缺且大部分人都会挨饿的年代，因为爷爷有工资领，又对我宠爱有加，我因此随爷爷奶奶过上了有点小资的生活。不光没挨饿还能听听小曲，吃到小零食。

五羊牌自行车是爷爷专用的交通工具，每逢农历初二、五、八是小镇传统的赶集日子，爷爷就哼着小曲载我去买肉，每次再花几分钱给我买几粒糖或五分钱给我买条冰棍。长大后感觉再也没吃过小时候那么美味香甜的糖果和冰棍了。

外人都尊称爷爷为"光义先生"，爷爷的头发每天油光可鉴，一年四季穿着的皮鞋也擦得乌黑发亮，还总喜欢穿一套整洁的中山装。爷爷特别注重言行举止及穿着，让我觉得爷爷在我们村里一直是最帅气的男士。

小时候，爷爷还是用客家人的传统规矩：女人不能上餐桌一起吃饭，奶奶妈妈婶婶等女将只能在厨房吃，爷爷爸爸叔叔等男士才能到客厅饭桌吃饭。

每晚我在家做作业,爷爷就陪在旁边看书报,爷爷买了新唱片就叫上我一起欣赏,只要我在家,爷爷几乎都在身边看书写字听音乐,或海阔天空畅聊,家事国事天下事无所不谈,爷孙俩总是有聊不完的话题,有时还会进行激烈的辩论,难分难解,会招来我奶奶对爷爷一顿说,或招来我妈对我一顿批。但凡我问的所有为什么,最终都能从爷爷口中得到满意答案。我美好的童年及青少年时光,和我最聊得来的人非爷爷莫属了。

我一直喜欢文学及写写画画,也喜欢朗诵及辩论,当年能模仿唱些邓丽君的歌,这与爷爷从小对我的熏陶是分不开的。

爷爷在64岁那年,招呼都没和我打一声,忽然去了遥远的天国。只要我回老家,不论是否在清明,我都会到爷爷坟前去看他,我想,爷爷从未离开,一直都活在我心中。

感恩我亦师亦友的爷爷。如果有来生,我还想做您的孙女。

2020年4月4日清明节于香江

(2020年4月9日远方诗歌文化传媒发表,2020年12月16日《梅州日报》转载)

我的奶奶

奶奶小时候生活在国外，奶奶常跟我说一定要做个善良有爱心的人，百年后才能上天堂，奶奶去天堂陪爷爷已有 20 个年头，如果健在，今年也 94 岁了。奶奶和爷爷同龄。

95 年前外曾祖母抱着的奶奶（前排左一）

奶奶常跟我讲她小时候的故事。奶奶和她双胞胎的姐姐及大哥都出生在新加坡，奶奶的爸爸100多年前在南洋是开金店的大老板，本来是富贵之家（我家至今仍存放着奶奶小时候的全家福，她和胞姐戴的项链和长命锁及手镯和她妈妈的耳环手镯全都是自家金店做的金饰）。后来，奶奶的外公抽上了鸦片，最后倾家荡产了，只好带着家人回到老家梅州平远东石镇。

由于家境没落，奶奶11岁回国后就到爷爷家做了童养媳（旧社会传统婚姻习俗之一，奶奶儿童时期被送到爷爷家，养大成人后给爷爷做媳妇），爷爷家最后被评为富农之家，生活比一般人家好一点，但又远远达不到地主家庭的标准。我奶说当年好悬，要不是她到处奔波证明我们家充其量是基本能解决温饱的家庭，爷爷就差点被评为地主抓去批斗了。我奶后来总说爷爷家好歹还是八抬大轿翻山越岭把她迎进门的。爷爷大学毕业就和奶奶正式完婚了。

爷爷在外当校长期间，奶奶就在附近当学前班老师，我小时候印象最深的就是有一年奶奶花好长时间给孩子们排练舞蹈节目，准备国庆表演，结果中国那年突然"三星坠落"（周总理、朱德和毛主席三位国家领导人相继逝世），举国哀悼，停止了一切娱乐活动。我看见奶奶好长一段时间表情严肃，手臂上每天挂着一块黑纱布去上班，好像是响应号召，为国戴孝。年幼无知的我根本体会不到奶奶那时心情为何会如此沉重。

刮风下雨的大冷天，奶奶就会在家烧火蒸红薯给大家吃，我随奶奶在厨房烤火取暖，奶奶就教我唱歌，奶奶常说我在烤火时面带微笑满脸通红像小苹果，每当我扯开嗓门跟她学唱时，她都会慈爱地捏捏我的小脸蛋。《我爱北京天安门》《南泥湾》《洪湖水浪打浪》《泉水叮咚响》等奶奶教的歌曲，至今让我记忆犹新。

每学期开学第一天,奶奶都会煮两个鸡蛋给我吃,奶奶说两个鸡蛋代表好事成双,希望吃了能考双百,最终蛋没少吃,双百好像我并没考过。

奶奶最小的女儿我八姑只比我大5岁,奶奶让我4岁开始跟八姑睡一屋,每到冬天晚上,粤北山区奇冷无比,常常零下好几度,感觉我们客家带天井的百年老屋总是八面来风,没有土坑和任何供暖,常常冷得我牙齿打架,手脚冻伤,无法入睡。奶奶就会先到我们床上聊天或教导我们,借机帮我们暖被窝,如果我的小手小脚丫半天还冰凉,奶奶就会直接放进她肚皮帮我快速焐热。每次奶奶都会猛然冷战一下说:"哇!我的小冰棍啊!"暖流瞬间从我的手脚涌入心田。

奶奶有八兄妹,爷爷也有七兄妹,亲戚朋友都特别多,爷爷比较清高不爱出门,全靠奶奶维系亲情。小时候,我恨不得每天都是过年过节,但凡节日,奶奶就得回娘家或走亲戚,不论走到哪里都要把我带在身边,逢人就夸:"我这孙女可贴心了,又乖巧!"别人就夸我奶:"孙女教得真好,嘴甜有礼,小酒窝太可爱了。"奶奶就会露出两个金牙来,半天合不拢嘴。常常被里外一顿夸,我恨不得能飘起来,屁颠屁颠跟着奶奶,心里早就乐开了花,回家的时候总能收到小红包和小零食,守在家里的七叔八姑羡慕得口水直流,围着我团团转,等着我分给他们一点点。那一刻,我是荣耀归来的孩子王,趾高气扬!非常感恩我的七叔八姑从小就把我当成公主捧。

奶奶一生勤俭持家,知书达理,公平正直,善良大度。从奶奶到我们孙辈三代就是四五十人的大家庭,奶奶竟然能做到一碗水端平,从没有哪个儿孙会说她偏心或对她有意见,前两年家族大聚会，我三叔还哽咽着动情地对大家说："我妈妈对儿孙及乡亲们的为人处世，估计十里八乡很难找出一个比她做得更好的人来。"那个年代，饿死的、没钱读书的、儿子没本事娶媳妇的……到处都有，我们家族全都平稳度过了那个时期。真的不可想象。爷爷也曾笑言：那么大个家族，要不是你奶奶雷厉风行、勤劳智慧、铁腕持家，光凭我的微薄工资，大家早就饿死了。

20年来，在清明或春节前夕，我几乎每年都能梦见奶奶一次，我想，我是幸福的，奶奶的爱将温暖我一辈子。在梦里！在心里！

（2020年4月12日远方诗歌文化传媒发表，2020年4月13日《今日头条》"肖金讲故事"转载，2020年11月6日《梅州日报》转载）

恩重如山的"港姐"

我感恩在生命中能处处遇到贵人,超过二十五年如一日,一直如亲人般的贵人有两位,一男一女,都是生活在中国香港的长辈。与第一位贵人李先生结识28年并共事3年后,我到一个大型上市电子公司任职时遇到我的女贵人,她是土生土长的香港同胞,名门之后,大家闺秀。颜值与智慧并存,身材匀称高挑、五官精致、皮肤细腻。年轻时是大家公认的大美人,美貌不会输给一些参选的港姐,她年轻时和她女儿读高中时都有星探找上门邀请她们参选香港小姐,均被婉拒,以她们家优越的生

我的"港姐"Anissa(右一)和她的女儿合影

活条件，没必要为生计去竞选。我的这位香港姐姐一直待我如亲人，又是我心中的女一号，所以我称她为"港姐"。她姓蔡，大家喜欢称她为蔡小姐，在香港人人叫她英文名字：Anissa。

我需出差香港，感觉香港同胞处事认真、规矩、守信。所以我一直都很喜欢香港这地方，香港也是我的福地。

"港姐"和我妈年龄相仿，心态一直很好，显得格外年轻，跟我走在一起就像只比我大几岁的姐姐，看起来比实际年龄能年轻十多岁。一般人根本估不出她的年纪。

"港姐"是我们这家上市公司重量级人物——董事长，她全面统管中山地区三大分公司的大小家电业务板块，日本东芝及松下等国际知名大公司都是我们的主要客户，光在中山旗下有近万员工（不包括东莞、惠州及深圳工厂）。我工作的分公司当年也有3000人左右。单是我们分公司，1998年前后连续6年出口创汇额在中山市排名第一，每年的出口创汇额高达60亿元。所以，当年国家、省、市各级领导纷纷带全国各地人员到访我们公司，参观学习我们先进的管理及生产模式。还时不时有国外大客户到访审查，频繁的接待工作常常忙得我们晕头转向。

我的"港姐"Anissa（左一）和她的女儿合影

每逢几个公司重大决策会议，重量级人物到访接待，重要审批把控，"港姐"才会亲自从香港总部过来中山坐镇。每月大概三分之一时间待在中山，每个分公司都有她专用的高级办公室，我需要做总经理安排的日常事务及兼做"港姐"的助理工作，时不时需随她奔波各处，几个公司所有管理人员都对她毕恭毕敬。知道她那天要来，大家甚至有点诚惶诚恐的感觉，虽然她不骂人，但她的威严及威信就摆在那里，气场强大使然。

"港姐"主管的公司员工工资及待遇都很不错，是多少人梦寐以求的知名企业。公司所有部门每天需要书面日报交我统一整理汇总给总经理，所以我对公司的情况也算是了如指掌。董事长及总经理对外工作报告和各类合同也常需要我协助起草，我这两位直属上司都是香港同胞，对工作都非常认真细致，自然也容不得我有半点马虎，我常随她们废寝忘食地工作，这些使我养成了严谨的工作作风。

"港姐"虽不苟言笑，但柔和端庄、大气稳重、心地善良、谦卑严谨、雷厉风行、言出必行。人人都因为她是我们老板，位高权重而敬她三尺畏她十分。奇怪，跟她8年，我心里从没有怕她的感觉，对她只有敬重，把她当成我的偶像一直崇拜。2003年我辞职出来创业，我投资的行业和她公司没有关联。没想到我们的关系却更亲近了一层，从以往工作关系已升华为姐妹般的感情。或许正是8年来近距离接触和深入了解已积攒了足够的信任，叱咤风云的商界女豪杰也有温情的一面。各自工作之余，"港姐"常常请我一起吃饭喝茶交流，对我两个孩子也如亲人般疼爱，常买衣服和玩具送给她们。也常常送衣服及化妆品等礼物给我，我创业过程中遇到任何棘手问题，及时请教她，她都会毫无保留地教我营商之道化解难题,她讲求诚信的契约精神及果敢作风,对我影响深远。

"港姐"每月都会主动打几次电话给我,每次都会关心我的生活和事业,只要我遇到困难,她都会主动帮我,就像我的保护神一样,处处为我着想。她常跟我讲,她对我的感情远比对她亲姐妹还要深,我深刻体会,为之动容。我常发自肺腑感叹:一生中最感谢并感恩她。她也常说一直欣赏我并感恩我也常帮她,我们一直以心相交,惺惺相惜地互相感恩着、珍惜着,说着说着,两人都会感动地哽咽起来……

相比之下,我能做的却是如此微不足道,她有任何用得着我的地方,我义不容辞,全力以赴,当自己的事办。有家乡特产或任何好东西我都会想着分她一份,虽然"港姐"从不缺钱,20年来,我在外面挖掘到任何有把握的商机都会主动分享给她一起参与。凡事双赢为原则,感恩上天关爱,令我们处处均有收获,算是我对贵人的报恩吧。不然,实在难找到其他报恩机会。

25年来,"港姐"在我心中的崇高地位无人能取代或超越。她对我的信任、赏识及关爱,是我修来的福气,实乃三生有幸。

吃水不忘挖井人,"港姐"对我恩重如山!我永世不忘!

(2020年4月19日凤凰新闻网"大风号"及《今日头条》发表)

老李先生

李泽荣先生是中国香港人,大家尊称他为老李先生,他是我步入社会遇到的第一位贵人,也是我的恩人,曾经是我的老领导。他严于律己,宽以待人,几十年来待我如亲人。他只比我亲爷爷小4岁,我从博学多才曾任教于名校的老李先生身上能看到

老李先生2006年在香港沙田公园留影

爷爷的影子。

那天，老李先生约了我和我的另外两位老领导到香港沙田稻香酒楼喝茶，刚入座，老李先生直呼："哎呀，生红，万万不可随便设置微信群，我年纪大了，有时老眼昏花，手脚哆嗦，容易按错键，闹笑话就不好了！"老李先生显得有些担心和着急。"没事，已设置完，以后节日问候，聚会喝茶群发也方便。"我安慰道。

"放心吧，你不是说为了这次小聚改了几次时间，分别给大家各打了几次电话今天才见成吗，以后群发通知就行了。把刚才大家的合照统一群发，各取所需。"看老李先生满脸担忧的表情，我继续打消他的顾虑。

"还有一次，我发微信告诉我儿子，身体不舒服想让他带我去医院，不小心发到了家族群，结果美国、广州、深圳、香港的亲戚一个个马上打电话过来问候我的情况，简直惊动了五湖四海，搞得好大件事呀！我年纪大了在家中像宠物一样，早已成了大家关心关注的对象，唉！有事还是直接打电话就好了。"老李先生继续列举微信给他带来的"麻烦"。"区别对待，必要时可打电话。"我继续解释。其他前辈也应声说还是微信好。"现在大家都在用微信了，多个更方便的联络方式。"老李先生听后，不再反对，终于默许了。

老李先生手舞足蹈的风趣解说加上他着急解释的脸部"表情包"，早已乐得小李先生及谋叔捧腹不已，我也忍俊不禁。老李先生见已把我们逗得前俯后仰了，也憨憨地笑了起来。

小李先生及谋叔我已25年没见过了，只有老李先生我是一直如亲人般长期保持联络，老李先生如今已90高龄，小李先生也69岁，谋叔81了，老领导们如今都七老八十了，还能聚在一起谈笑风生。多么值得感恩啊！

继续笑谈当年。"老李先生，当年日本厂长铃本为何总跟你过不去，有血海深仇似的，每天总要狠骂你半天？"小李先生问。"就是，就是，我也很想解开当年这个谜。"我赶紧笑着随声附和。"其实铃本以前对我挺好的，真的很好！"老李先生又孩子般地满脸委屈急忙解释，"不过，因为做错了一件事，公司新产品出了工程问题，铃本这个人非常自负，又常常轻视中国人，我负责公司工程及质量管理，我不买他的账，有一次我解决重大工程问题时没尊重他的意见就处理好了，他认为我伤了他的自尊，因此招祸，凡事打压，处处针对，没完没了，一件事一直坚持骂了快半年，死死咬住不放。我只好辞职走了。"

老李先生2006年在香港沙田公园留影

当年，我们在中日合资的深圳公司共事，开放式的大办公室里有60多名管理人员，日本领导铃本厂长每天就像吃错药的疯子，总要找几个管理层来训话，一骂就是半天，几乎从上班骂到下班，坐在沙发上，不停地骂，累了站起来喝口水，接着骂，再累了抽根烟又接着骂，翻译则不停地解说，受骂的只能默默地一直站在一边，几乎连说话及解释的机会都没有，大家都麻木地习惯在他刺耳的咆哮声中工作，包括当年的我。现在回想起来，简直不可思议，老李先生当年一度被列为每天必骂之人，老李先生一直挺胸抬头，一副视死如归的样子，一声不吭，估计心里在嘀咕："骂吧！骂吧！气死你，反正我已把你当狗叫！"否则，不这样想又怎能受得这番骂？惨痛的经历及情形已深深烙在办公室所有人的脑海里。当年这个50多岁的日本领导，长着武大郎的外表，却没有武大郎的心地，五大三粗，又矮又胖，骂人时每天怒目圆瞪像铜铃，咆哮如雷，骂人不眨眼，骂人时还恨不得把眼珠子给瞪出来。估计是魔鬼上身，或得了什么精神疾病，才能每天如此把人往死里骂，我活了大半辈子，到现在再也没遇过这么变态的骂人狂魔了。我当年特佩服老李先生的忍耐力！好在铃本从不骂女职员。真不敢想象如此骂女职员会造成什么严重后果。

老李先生后来因祸得福，离开铃本的魔爪后去了一家更好的上市公司做高管，并带了两位同事包括我一起到新公司任职，感恩老李先生赏识及提携，我们的收入一下子翻番。工作环境、吃住待遇也是更上一层楼。老李先生常常教我做人做事做学问，工作之余待我们下属就像家人一样关爱。不久后我出来创业发展，老李先生还常打电话给我指点江山，给些建设性建议。但凡知道我的事业有新的进步或发展，总是给我赞扬和鼓励。

大家虽然对往事记忆犹新，但一切不快早已烟消云散，释之安然。返老还童、思维清晰、耳清目明、慈眉善目，正是老李先生现在的写照，年轻时对工作要求严肃，不苟言笑的老李先生，年长之后，整天乐呵呵，凡事置之一笑，笑容如孩子般灿烂。唯愿我尊敬的恩人老李先生能颐养天年，安康愉快每一天。

人生路上，滴水之恩当涌泉相报，老李先生这份恩情我铭记于心。永远感恩！

（2020年4月12日慈怀诗会发表）

我的父亲母亲

我的父亲叫张建辉，今年 74 岁，我的母亲黄招福，今年 70 岁。我的父母亲都是老实巴交的人，均不善言辞。我们四姐妹从未听他们说过爱我们之类的话语。从我们懂事起，更是没和我们以牵手或拥抱的方式表达过情感。虽然我们都安居乐业在外地，一年都难得回老家团聚几天，但我们都能感觉到父母一直是深爱我们的，只是表达爱的方式太含蓄。

我的父亲表达爱的方式是，见到我们从外地回来看他，就围着我们转，并开心得合不拢嘴，露出满口假牙。我的父亲有令我佩服得五体投地的地方，那就是在我小时候，他竟然能给我背诵《三国演义》。他写字唱歌也不赖。

我的母亲对我们表达爱的方式是：不管我们哪个孩子回来，都想尽一切办法做好吃的给我们。我们走的时候她就塞满一车尾厢的农副产品，尤其是自养鸡蛋，全部一式四份，四姐妹每家一份。非常感恩我们四姐妹都能一直相亲相爱地生活在同一个城市。

我的父母忠厚老实到什么程度呢？奶奶告诉我，我父母结婚后 10 年左右所有收入全数上交给我奶奶，全部用于陆续给几个弟弟娶媳妇。当年娶媳妇几乎都是用钱买来的。最后，连我父母日常卫生用品及内衣裤都要请我奶奶再去买给他们。老实巴交的父母竟然没留一分零用钱。

我的父母 22 年前就从家乡出来帮我带小孩，然后再帮我妹带孩子，任劳任怨地为孩子们服务了 18 年后，等孩子们都上学了，父母就吵着回老家去了，再也不肯出来了。他们说还是老家空气好食物好，并种了很多有机蔬菜、水果，放养了不少鸡鸭，就盼着我们时不时回去享用。

印象中，小时候的我虽然很能干而且嘴巴甜，但有时候却挺淘气的，可我的父亲母亲却从没真正打过我。

记得有一次，大概 40 年前，我应该还不到 10 岁，我爸被我气坏了，咬牙切齿地咆哮着举起扁担追打我，我撒腿就跑，我感觉要小命不保了。我妈见状，气急败坏并鬼哭狼嚎般飞跑进屋搬救兵，只听我妈哭喊：“哎哟喂，快来人啊！救命诶！你们的孙女就要被打死了咯喂。"爷爷奶奶闻讯赶来。眼看我爸已追上我，举起的扁担正狠狠往下砸，我赶紧闭上眼睛："完了完了！死定了！"最后一秒那扁担却只轻轻落在我的肩膀上，大家早已吓得目瞪口呆。等我奶回过神来，赶紧搂着我进了屋。然后奶奶再出去推搡拉扯着我爸，并把我爸狠狠地往死里骂。那大扁担要是果真狠狠砸到我头上，必死无疑。惊魂未定的我至今记忆犹新，感觉当年简直在我爸手里死里逃生了一回。冲动起来的他面目狰狞，真的酷似魔鬼，所以千万不要打孩子，记忆往往会伴随孩子终生。

我们客家人，是出了名的重男轻女。我爸更是典型的代表。

我的父母亲是可怜又可悲的人，共生了6胎，第一胎和第三胎都生的儿子，却都不幸夭折了，生的四胎女儿都幸存了。或许这就是命吧。更不幸的是，生第三个女儿时国家已经严格执行计划生育政策，我们寄住在其他亲戚家，我母亲躲藏着生下第四个女儿后，就不敢再生了。我爸见求子不得，生儿无望，直接就抑郁了。后来在我爷爷奶奶的帮助和积极治疗下慢慢恢复了过来。至今，我爸还常常责怪我妈没帮他生个儿子。

按我们家乡的习俗，在我们那一代或之前，家里要没生到儿子的，长女都会留在父母身边招个上门女婿延续香火。而命运安排，我却没能招来上门女婿，这也成了我感觉唯一愧对父母的心结。

于是乎，我带领家人在异乡格外努力奋斗，报喜不报忧。我参加工作后，从不让父母为我操心，从未在父母面前诉过苦，从未让父母为金钱操过心，并让父母一直过着超越邻里乡亲的生活。20年前我就开始每年带父母国内周游。所以，从我出道①开始，我的父母40多岁就开始享受生活了。从此，他们是幸福的，感觉内地走得差不多了。我帮父母办好护照和港澳通行证，准备带他们开启周游世界之旅，刚去了几次香港及澳门后，这两年就再也不肯走了，说想去的都去了，已经享受够了，哪里也不想去了，也走不动了。所以，孝顺父母一定要趁早，不留遗憾。

感恩父母给予我生命。父母年纪大了，尽量让他们开心、顺心，尽可能多陪他们谈心聊天，给他们足够的钱花，让他们没有后顾之忧，并不让他们操心。这就是孝顺。

祈愿父母安康长寿，开心过好晚年每一天。

---

① 出道：方言，指年轻人走上社会，能独立工作和生活。

夏日散记

诗意多彩的春天已随落花流水漂向远方,又遇见了热情似火的夏天。初夏,我又回到了故乡,晚饭后约宗哥及同学张书记三人行,漫步在平城花园,张书记向宗哥提起30多年前同学们就称我为"诗人",宗哥马上来一句"悲愤出诗人"。我笑曰:"非也!喜怒哀乐出诗人,诗人往往都是多愁善感的产物。"宗哥和张书记都是处处帮助我的贵人,更像我的兄长,此份恩德,铭记于心。

不可否认,多愁善感的我,四季的逝去或到来,均容易勾起我一抹沉重的乡愁。自从过了不惑之年,我还特别容易犯困,并有些力不从心的感觉。我也常常感觉自己已在春困夏倦秋乏冬眠中周旋,四季如梦般地活着。人生如梦或许就是到了这把年纪后才能感悟到的吧。

又到了荷花飘香时节,荷塘月色之下,夜朦胧,我从容。独自漫步在家乡老宅附近的乡间小路上,我扬起思绪的翅膀:如有来生,若不能成莲,那就继续做一粒微尘吧,时而在土地上安详,时而在风中飞扬,时而在树下纳凉,时而在海滩上沐阳,时而飘回家乡看看，不骄不躁，沉默不语，不再彷徨中向往，无须依靠，可好？

夏日之昼，蝉鸣声声，处处闻啼鸟。夏日之夜，蛙声阵阵，半夜鸡叫，柴门闻犬吠。便是家乡的田园交响曲，永不磨灭的记忆。每年夏天，我必然回乡赶赴一场听觉盛宴，感受这熟悉的乡音。

此行回乡，随两位老铁去了趟平远县东石镇锅叾村上锅叾，寻找久负盛名的深山上等手工锅叾茶。彪悍的老铁同学快速地驾车盘旋在陡峭难行的深山老林。崎岖山路多弯，几乎把我和芳姑娘肚里的肠子都绕到打结，晕头转向的我们强忍呕吐，我俩一路直呼受不了了，人深度绕晕在山道上，已是进退两难。乐天派老顽童司机不改当年"英雄本色"，继续恶作剧般地开得更欢颠得更猛了，还不忘一直笑话并催促我俩吐出来就舒服了。如果不是考虑到行车人身安全，我和芳姑娘真想当场掐死他。总算到达目的地，终于找到今年新的明前茶（上锅叾冰茶）。山里农户老伯热情招呼我们入座，沏一壶新茶，山泉水泡之，茶香袅袅，一口下去，温润回甘，沁人心脾，顿时抛开了尘世间一切纷扰，感觉元神归位，好茶终于让我和芳姑娘定下神来。我不知家乡竟然有此山高路远的大深山，在家乡更没喝过比这更清香诱人的好茶了，不枉此行矣！

此刻，夜深人静。已回归异乡城市角落的我，铺一纸素笺透过一笔凝香传递着我的思念，让家乡的记忆在笔尖封存。

(2021年9月《侨星》杂志刊登)

冬至阳生春又来

又到冬至。

过去6年,冬至这天我都是在东方之珠度过的。在香港,有"冬至大如年"之说,香港人的冬至晚餐不亚于除夕。家家都在忙着"做冬"及饭后"团圆",会在一起吃盆菜或汤圆、饺子等各类美食。这天菜市场也必定人头涌动,大家争相抢购各种新鲜食材。这天的价格也会略有上涨,酒楼食市也会全线爆满,出现一席难求并排队等翻台吃饭的局面。

今年的冬至,天公不作美,连续下了两天久违的冬雨。加上近日降温,显得格外阴冷潮湿,天寒地冻,身处中山的我,给自己放了一天假。起个大早先送孩子去上学,然后到市场买了些食材,回家包饺子和焖羊肉。还顺便买了一些鲜花,给节日增添几分色彩和喜庆,决意让自己过个轻松自在的节日。手里包着饺子,听着古典音乐,闻着百合花香,倒也优哉乐哉。记忆的小船又驶向了儿时。

小时候,要在我们家乡,遇到这样的天气,大人小孩会聚在家里,围在火炉旁,蒸一锅热气腾腾的红薯,甜滋滋地吃得不亦乐乎。后来，不知从哪年起，乡亲的习惯不知不觉中改了，大家形成了冬至吃羊肉的习惯。羊肉的做法也是八仙过海，各显神通。最会享受的要数我家小婶子。自我记事起，她就嫁进了小叔的家门。小叔是我们家族继我爷爷之后，当年唯一吃公粮的单位干部。所以，只有他家的生活一直过很最滋润。

那时候，每年冬至，小叔都会买回整只羊。那个年头，在乡亲们中间，每年冬至能吃上全羊的家庭，我是找不出第二家来。每年这一天，小婶子可不敢怠慢，负责绞尽脑汁、费尽心思地整美食：羊肉焖客家娘酒、羊肉焖酒糟、羊肉煲滋补中药材、腐竹马蹄羊肉煲、孜然炒羊肉……焖炒煮烤炙，可谓奇招百出，变着法子制成各种口味的美食。最后，她终于总结出一套最美味的做法来，独创张氏娘酒火炙羊肉。

后来，每逢冬至这天，只见小婶子起个大早，系上花围裙，扎起两条长长的马尾辫，收拾得干脆利索，体体面面。然后，捧出黄酒坛子，往自家门前收割完干稻的田边空地上一放，坛子里面存放着一些已炙好的娘酒，把准备好的羊肉和各类滋补中药材放进去，把坛子盖好，坛子四周铺上一层厚厚的木屑。用铁芒箕引火，慢慢地让木屑燃烧着，小婶子手持一把拐杖似的木棍。守在一旁认真地控制着火势，火候是必须把控好的，火太大太小都不行，可来不得半点马虎，坛子装着的已不光是羊肉，那可是不少的工夫和银两啊！更是全家冬天进补的希望。坛子里的全羊啊，估计还装着一份小叔及小婶的荣耀和面子。一会儿，院子里已是炊烟袅袅，笼罩四野了。

半天工夫，已是香飘万家，乡里乡亲的大娘大婶们闻香而来，但凡有哪位大婶远远地边走过来边扯开嗓门喊道："哎呀！

小婶子，羊肉好香啊，又准备进补哩!"小婶子定会笑颜如花，并自豪地扬声回应："是哩!是哩!冬至进补，来年打虎噢!"然后，大家纷纷聚到一起，东一句西一句地聊上半天，估计吃不上羊肉的，就算闻闻也挺好。大家公认，小婶子特别能干、善良，但是，肉少人多，左邻右舍都是庞大的家族群，早已分家，要是人人有份都能吃到肉是不可能的，大家也理解。一旦把肉炙好，小婶子肯定先端上一份孝敬爷爷奶奶。家住隔壁，小时候常常饥不果腹的我们，每到这天，闻香惹嘴馋，只能馋涎欲滴了。吃之不得的那股香啊，至今萦绕在我们四姐妹心头，挥之不去。

冬至来临，容易勾起我们儿时的回忆——小婶子的独家冬至火炙羊肉。现在，每年冬至，我们都会买羊肉回家吃，无尽感恩当下之余，却怎么吃都感觉没有当年闻着的香，那可是记忆深处散发出的芳香啊。

冬至阳生春又来，四时更替。周而复始，去日已不可追，来日犹可期。且让我把失去的都释怀，待我走过这三九寒冬，去迎接那春暖花开，把所有的回忆当作人生路上的一道风景吧。

(2021年12月26日《梅州日报》刊登)

"天陆古"

近日和妹妹们小聚，聊起童年趣事，二妹想起一个人，那是常年喝得醉醺醺的街混"天陆古"。"天陆"是人名，"古"则是我们客家人称呼男士通常喜欢附加在名字后的惯用字。"街混"并不是说他会干啥违法乱纪的事，只是说明他是一位专门在小镇街上当苦力混口饭吃的苦命人。"天陆古"堪称我们小镇几十年来无人不晓的"知名人士"。在我们读小学和初中上下学时必经的小镇唯一一条街道上，总能见他待在街上。听闻他竟然终身未娶，更别说拥有一儿半女了。

小镇的街上若有货车运来水泥或化肥等重物，需要找人卸货物的，必定叫上这位当时年轻力壮时刻都在候命的"天陆古"。故，常常能看见他低头弯腰，汗流浃背，扛着重物埋头苦干的身影，继而，都知道他会用干完苦力刚得的收入换酒喝。然后在街头醉上老半天，并撒撒酒疯。好在他酒后不会打人或追赶别人。所以，孩子们都不怕他。有时调皮的小孩还会借机逗他几句并取笑他。

不知"天陆古"什么学历或什么家庭出身，只知道他家就住在街道附近。还记得我们读学前班及小学二三年级时,那是20世纪80年代,他曾经也算是个体面人,是我们镇上露天电影院隔三岔五放电影的工作人员,后来,电影放映工作渐渐被影院和电视台所取代,也不知从何时起,"天陆古"改行当起了"街混"。"街混"最后几乎成了他的终身事业。今年我回老家,还无意中听在老家工作的同学做比喻时提起"天陆古",同学说"天陆古"早已经住进了镇政府的养老院安度晚年了,但偶尔还会出来向人讨支烟抽。我想,如果遇见,我会当场买两条烟送给他,感谢他当年善意或无意的"谎言"。能把如小草般存在的两姐妹夸成两朵花,让我们能在骄傲的幻觉中成长。

我大概小学五六年级起及初中阶段,每当上学经过小镇街道,几乎都能看见"天陆古"。他都会远远地向我叫唤:"漂亮的白牡丹,可爱的小酒窝。"不知是否酒后的胡言乱语,还是他当时没喝酒时的真话,叫得多了,我也就当真一直误以为自己长得漂亮且可爱了。

早已过了不惑之年,即将步入五十知天命的我,听二妹问起:"不知当年的'天陆古'是否依然活着,当年我上学在街上遇见他,他可总是唤我为'红牡丹'。"妹妹勤劳善良,但相貌平平,在茫茫人海中如一粒不起眼的尘埃,我又何尝不是?啊!此刻,我几乎惊掉了下巴,三观瞬间颠覆了,我这才恍然大悟,我的神哩,我竟然被当年这位醉汉的谎言欺骗了半生,在自我感觉良好中自信了大半辈子。好在从未向人提起曾经有个"天陆古"把我比作"白牡丹"叫了好多年。呵呵!如今总算一语惊醒梦中人。"红牡丹"也好,"白牡丹"亦好,原来都是南柯一梦罢了。估计二妹也因"红牡丹"的美誉自信了大半辈子,偷着乐了几十年。三妹、四妹笑言没这经历。今日想来，除我和二妹，或许有李家闺女、王家闺女被他叫成红玫瑰白玫瑰什么的。只是我们不知罢了。估计，空欢喜一场的所谓花儿们应不止我俩！

我笑问二妹咋不早把"天陆古"当年硬夸我们姐妹美如花的秘密分享出来，好让我早日破迷开雾，认清事实，走出幻觉。言毕，四姐妹早已乐开了花，沧海一声笑中，已印证了"凡所有相，皆是虚妄"的真理。

(2022年1月6日《梅州日报》刊登)

外婆

外婆走了，享年93岁。时间定格在2022年5月11日中午12点。一直健康平稳的外婆，前些日子还能逛街做饭的外婆，一个月前突然摔了一跤，然后半瘫在床30多天，就匆匆离世了。此刻正安详地躺在水晶棺里永远地睡去了。外婆离开时，没有遭受太多的病痛折磨，也没有给亲人带来拖累。仔细想来，许是一种福气，更或是一种解脱。外婆是有

我外婆的晚年照

福之人，儿孙满堂，早已四代同堂。已算是目前仅有几十户人家的小山村中历来最长寿的长辈了。

10号接到大表弟阿伟的电话，说外婆昨日开始无法进食了，身体也开始浮肿了，11号中午却接到通知说外婆已经驾鹤西去，我们举家匆匆驱车400多公里从中山赶回老家见外婆最后一面。

外婆去世的当天，广东大部分地区都一再发出最近几天有强风雷暴天气的预警，我们回家的路上，沿途已是狂风骤雨，仿佛老天爷都舍不得一生勤劳善良的外婆离去，正伤心得大哭。而这因特大暴雨停学停课的三天正是全家老小在家给外婆守孝的三天。

10天前的"五一"假期，我们儿孙纷纷赶回老家看望过她老人家。外婆当时躺在床上已经不能翻身，思维还算清晰，能一一认出我们，并小声叫出我们的名字来。乐观微笑了一辈子的外婆已是一副痛苦的模样，时不时忍不住发出声声低沉的呻吟。估计是背后的褥疮实在疼痛难忍，最近帮外婆洗澡抹身的舅妈说，外婆的身背后已经躺烂一大块，已无法愈合并发炎了，用药也不见效果了。而"五一"节前几天，外婆却还和我大舅及舅妈说她自己会咸鱼翻身的。看她自己如此坚强乐观的心态，我们都相信外婆能够康复。我把从朝鲜买回的安宫牛黄丸，和小表弟伟明一起一口一口喂给外婆服下了。我们多么希望安宫牛黄丸能成为灵丹妙药，让外婆快速康复，重新站立行走。我们儿孙常常念叨，都说多么希望外婆能活到100多岁，尽可能多享受些天伦之乐。这才分别短短10天时间，却已天人永隔。

我的外婆出生在平远县东石镇，名叫曾石运，由于和我黄姓外公（我妈妈的生父）性格不合，在我妈妈3岁的时候离了婚，外婆带着我妈妈改嫁给平远县河头镇章坑村樟下住在深山老林的丘姓外公（我妈妈的养父）。40多年前樟下当时是水电及道路都不通的。外公外婆扎根深山，用勤劳的双手，以大山及日月为伴劳作了一辈子。并先后生育了7个子女，夭折了2个，存活了3个女儿、2个儿子。外婆在大山生活了70多年。从未上过学的外公外婆靠耕作及砍柴养活了一家子人，一生靠勤劳及节俭还建过

3座新房,先从大山深处的山上搬到了山脚下的小河边生活了几十年,然后又搬到小山村田野中心的新房一直生活至今。生活之艰辛及努力可想而知。

我们回家的路上,接到大舅吩咐,外婆是高寿离世,按家乡风俗,当作喜事来操办。

第一天,我们回到家时,大舅家门口已搭起了3个红色帐篷,大门口放置着香炉及外婆的遗像,外婆的遗体则摆放在大舅家的客厅。我们三鞠躬后都分别敬了一炷香,然后围着水晶棺深情地看着外婆,既然是喜事,我们都忍着所有的不舍和伤悲,有空都往外婆的棺前流连及徘徊。我们知道,遗体存放3天后,就要被拉往殡仪馆,我们就永远见不到她老人家了。

第二天,天空依然伤心哭泣,暴雨连连,我妈妈的两个妹妹带着全家从远方赶了回来。至亲都已基本到位。同村的乡亲们都前来买菜做饭,全力帮忙操办喜事。儿女辈的我妈、舅舅、舅妈、小姨、姨丈们头上都绑着红头巾,我们孙辈手臂上则绑着红布,这是戴孝的仪式。再怎么说喜事,我们内心却怎么也无法欢喜,毕竟是至亲人的永远离世。

第三天,出殡前一天,是开孝日,所有的远亲和乡亲们都纷纷前来祭拜,老天仍未止住伤心的眼泪,继续着连绵不断的阴雨。早餐过后,我妈妈及小姨舅舅们来到外婆灵前,我妈妈想起3岁和外婆来到这山里,外公外婆常常为了生存,不得不翻山越岭到几十公里外的东石镇上,通过挖红薯、捡漏稻穗、挖野菜等方式寻找一家三口充饥的粮食。无奈中只能常常把年幼的妈妈一个人留在山上的土房子里,妈妈一天天在胆战心惊中翘首期盼外公外婆早点回来,山上的土房经常有蛇虫鼠蚁及野兽出没,我妈妈在饥饿及恐惧中度过了幼年时光。我妈妈7岁该上学时,家里不光没钱交学费,我外婆还怀上了我四舅,为了帮助极度贫穷的外公外婆带小孩,懂事的妈妈不得不放弃了上学的机会,7岁就开始了带娃之路,帮外婆带大四舅再带五舅和六姨,当我妈妈带大3个弟、妹时,家里仍是食不果腹。为了生存,我外公外婆不得不把我妈妈早早嫁给了当时在山外镇上,出自书香门第的我爸爸,为了换取微薄的彩礼,能让家人暂时解决饥饿,也为了我妈不再挨饿并早些过上好点的日子。这在当时是完全可以理解的,也是为了生存不得已而为之的……妈妈想到这些,又想到曾经苦命并相依为命的外婆永远离开了她,妈妈再也忍不住悲痛,号啕大哭了起来,并一把眼泪一把鼻涕地哭诉起小时候种种过往。小姨、舅妈及其他亲人见状纷纷失控哭成了一团,五舅让我去劝我妈不要过度悲伤,别哭坏了身子,不要再回想过去的苦难,要多想现在的美好生活。我说我无法相劝,就让她好好地发泄一下吧。我一直提醒自己千万忍住别哭,要让外婆走得安心。我不敢靠近灵柩及正在痛哭的亲人,我怕我也会失控得大哭到崩溃。穿红色喜庆服的10多人组成的乐队早上9点多到来,不久就奏响了哀乐,哀乐在山村回荡。哀乐队的职业歌手深情地演唱着悲情的歌曲,一首接着一首。《世上只有妈妈好》《相见时难别亦难》……让人听了悲从心起,瞬间触动了我的泪点,我赶紧躲到一边的田坎上,任由眼泪像断线的珍珠般往下流,伤心地哭得不能自已。以后,外婆再也不会疼爱地看着我并拉着我的手深情地叫我一声"满子"(我们客家话为"宝贝孩儿"的意思)了,再也不会使劲地往我手上塞各种特产了,我再也感受不到外婆的疼爱了。

我已经30多年没在外婆家住过了,每次都是来看望一下外婆或吃个午饭就走了。这次回来送别外婆终于住了三晚。灯火通明人气旺旺的外婆家,我再也不害怕了。说来也怪,这几天除了连续暴雨,从我们回到小山村那晚开始,连续三天晚上,青蛙和蟋蟀及各种昆虫都在撕心裂肺地叫着。此起彼伏的声音之大,令人惊讶,连山村长大的我们也从未有过如此震撼的感觉,吵得从中山回来的年幼的小侄女睡不着觉,直嚷嚷让她妈妈快点把虫子的声音关小点,令弟妹哭笑不得。因为白天有乐队相伴,晚上乐队下班后,昆虫仿佛是奉命出来接班的,特意奏响了田园交响曲来陪伴并超度外婆,好像担心外婆晚上太寂寞似的。

外婆家坐落在群山的怀抱中,屋前有一小片田野,侧面有个菜园子,不远处还有一条清澈的河流。小时候我常常随小姨去河里捉鱼虾或戏水,外婆家有我满满的童年回忆。屋后是外婆种下的三华李树及两口鱼塘,果树果实累累,即将成熟,外婆却来不及品尝了。一生勤劳善良的外婆一直坚持劳作种植并自理到92岁,也是世间不多见的了。

我小时候,外婆不管生活多艰难,逢年过节,我们到来,外婆总是变着法子给我们准备点好吃的零食等着我们。就算没钱买肉,连咸菜也多放了两勺猪油,吃起来格外香,所以,我特别喜欢来外婆家吃顿午饭,解解馋。可是,我却不喜欢在外婆家过夜。乌漆嘛黑的夜晚,山村没有通电,外婆家常常只点着一盏发黑的煤油灯。微弱的灯火闪着幽灵般的光,令我害怕。家门口小河淙淙的流水声,一到晚上,显得格外响亮,我害怕大灰狼来了,我都听不到它的叫声。我担心晚上出去上茅厕,开门就会遇见早已潜伏在门口的大灰狼。大山深处的夜晚总是有一种叫天天不应,叫地地不灵的感觉,让我恐惧。

我敬爱的爷爷奶奶及外公都去世得早,几乎都没享受过多少儿孙的福气。这使我和父母早都深刻感受到"子欲养而亲不待"

的含义。所以我倍加珍惜并孝敬外婆，希望外婆能长命百岁。因为儿孙都很孝顺，所以外婆一直在丰衣足食中安享晚年。外婆一生特别喜欢赶圩，我们镇逢初二、初五、初八都是赶集日，一个月共9个集日，每逢集日，外婆几乎都会到几公里外的集市上赶圩。我们除了担心她的出行安全，却又是欣慰的。因为，只要老人家还有花钱的欲望和能力，至少说明她还健康。我们姐妹小的时候，每逢圩日，经过街道去上学都能见到外婆，也都盼着见到外婆，外婆总是会挤出一点点钱给我们买零食或买几颗糖果给我们解馋。我们总是欢欣雀跃并心满意足。

外婆虽然没什么文化，却特别明事理，总是能很好地教儿孙做人的大道理，教导儿孙要勤劳宽容和善良，令所有晚辈都尊敬她。从我记事起，外婆温顺善良，我从来没有看她发过脾气，她总是一副笑容和蔼的模样。外婆一直是我心中永远慈祥微笑着的天使。从此，我的妈妈已经没有了妈妈，我再也不能亲切地叫声"阿婆"了，再也听不到外婆呼唤我们回来的声音，再也见不到吱呀一声推开木门、笑容满脸地迈着八字脚出来迎接我们的外婆了。我想到以往我们走的时候，她老人家会一再叮咛并祝福我们，然后依依不舍地站在门口一直目送我们渐行渐远的身影。想到这里，我又不能自已，伤心欲绝，几乎哭得喘不过气来，差点哭倒在田坎上。失去亲人的悲痛，竟是如此撕心裂肺。

外婆，此生太短，我们已无法相见，愿我们来世再见。愿您一路走好，愿您能在天堂与外公过上神仙般的生活。您将永远活在我们心中。

（2022年6月26日《梅州日报》刊登）

今夜只为等你

当夜幕降临，万家灯火时，又迎来了无声的寂寥。你可知道，我在等你吗？梦中的人。

我是一只孤单的小鸟，心无所依，总爱在枝头翘首期盼，时而声声啼唱，忧伤已百转千回，柔肠寸断。

白天，我又看见那蝴蝶双飞，花间翩翩起舞，形影不离，又勾起了我的哀愁。顿感悲戚，只好张望着你来时的方向。

寻寻觅觅，人世间，为何见不到你的影子？在梦里，我早已踏遍万水千山，找遍了天涯海角，痴痴等你，默默寻你。如果美梦不能成真，就让我在美梦中永远睡去可好？

眼看着风抚林梢，已是日落西山。待风起云涌时，请别再让我继续等风也等你了。就让我乘风而去吧！带上我沉甸甸的思念和一生的痴情。携手共赏这世间烂漫山河，共享生活的温暖和点滴。你若敬我一尺，我必敬你一丈。

朝思暮想是虚无缥缈的你，魂牵梦萦也只是梦里的你，梦中你热辣辣的目光，让我情不自禁，泪花盈盈，从眼角滑落的是我滚烫的真情。请轻轻抹去我的泪痕，抚平这深深伤过的印记。

夜阑珊，华灯已一盏盏熄灭，别怕！有我。已为你点亮了心灯，照亮着你来时的方向。

还有那天边滑落的流星，耀眼的光芒也为你而亮。我早已许下心愿，呼唤着你的名字。我拽了一缕清风，让它快快把你送入我的梦乡。

人生的列车旅途漫漫，你是否已提前下了车？还是仍在车厢角落等我？

今日十五恰逢中元节。又开启了一场暖心的思念。我借着记忆的墙壁，铭刻了你初来时微笑的模样。

故乡的月光，总会有那么一束光，不偏不倚照到了我的身上。无须给我鲜花和掌声，我只想借着你送来的光，踏上希望之旅。纵然有烦恼，也不再执于烦恼，让我能云淡风轻地活着就足够了。

今夜，也想念格外疼我的爷爷奶奶、外婆外公了。不知他们在天堂是否安好，在我心中，他们从未离开过。真是应验了那句：有些人虽然早已经离世，却依然活在我心中，活在梦里。有些人依然活着，却在我心中早已死去。思念本来就是很玄的东西。尤其在今年的这个中元节，彰显得何其透彻？

听，我已听见了风儿传来的吟唱，正对黑夜诉说着，又是月儿撩拨了它的心跳。肆意流淌的忧伤，正随风远去。

今夜难眠，只为等你，再次来到我梦乡。

（2022年9月6日《梅州日报》刊登，2022年9月7日梅州文学网转载）

薛哥走了

2021年11月21日12点44分，我突然收到张姐发来的微信："生红，今天早晨7点30分，你薛哥走了，走得非常安详，彻底地离开张姐了。"

薛哥走了，带着张姐无限的深情和爱恋走向了生命尽头，去了遥远的天堂，来不及向我们一一挥手道别，从此，已天各一方，我们再也见不到这位可敬的大哥了。生命是何其脆弱！那么熟悉而亲切的一位大哥，怎么说走就走了？才六十出头，匆匆太匆匆。我还是不愿意相信这个事实，感慨于生命的无常，心情瞬间无比沉重起来，泪水模糊了双眼。悲伤仿佛已笼罩在寒冬阴湿的空气中。我已说不出更多安慰的话来。怔了半天，只能回了区区几个字：张姐节哀顺变！（附三个温暖拥抱的姿势）并马上发出了小小心意慰问金。除此之外，相隔几千里之外的我，真的不知还能做些什么。一番思考之后，我决意写此文把薛哥和张姐这两位我人生中遇到的有缘人做个记载，以示感恩。

我想，几十年来夫妻感情恩爱深厚的张姐该怎么办？等过了头七，我再打电话问候张姐并邀请她过些日子到南方来走走，我陪她去散散心，希望能帮她早日走出伤痛。

3年前，得知薛哥突然得了白血病。身为医生的张姐，这3年多来常常暗自哭泣，偶尔悄悄给我打个电话也是偷偷地哭着。她知道，得上这病，无论如何医治，薛哥留给她的时间也不会太多了。能好好活着相伴一天是一天。但张姐仍期待能有奇迹，全力以赴奔波于各大医院给薛哥积极治疗。我知道，为了不给薛哥心理压力及负担，张姐心在滴血，却总是强颜欢笑故作轻松地陪伴着薛哥病后的每一天。怎奈，病魔无情，还是早早夺走了薛哥生存的权利。薛哥生病的几年间，我数次邀请张姐带薛哥来南方走走，我想带他们散散心，但各种原因使他们一直未能成行，终究成了遗憾。两年前，我去东北时看望了他们，薛哥仍面带着招牌式儒雅乐观的微笑，精神状态看起来一直很好，和往常感觉无异，根本不像一位得了不治之症的患者。当时，我还想，看薛哥的样子活个十年二十年应该没问题，怎么可能得了白血病呢？不会是误诊吧？多么希望只是误诊。

薛哥和张姐是我在深圳参加工作时那家大型外资公司的同事，认识至今已有28个年头。薛哥是吉林省四平市人，当时任我们深圳中日合资公司保卫科科长。张姐祖籍安徽，则任公司厂医，张姐厨艺高超，做饭常常搞得香气四溢，总是惹得左邻右舍的年轻同事们嘴馋。张姐人还大方，不时把自己做的菜或饺子分享给大家，有时干脆叫大家到他们宿舍一起吃饭。薛哥夫妇都是军人出身，曾经是战友，均生性耿直善良，知书达理，都是一身正气的好人。他们爱打抱不平，对心术不正之人嗤之以鼻，从不同流合污。他们还同是高干子弟，却一点架子没有。薛哥高大帅气，每天总是面带着微笑，做事认真负责，遇事淡定从容。张姐人如其名，好似一朵俊美的梅花傲立人间。张姐高挑白净，皮肤白里透红，还拥有一双美丽的大眼睛。4年前去东北相聚时，薛哥还自豪地向我提起，张姐年轻时因为长得特别漂亮，大家给她起了个代号叫"白牡丹"，言语中的薛哥带着几分骄傲和知足。薛哥、张姐几十年来，总是夫唱妇随，形影不离。

后来，我们虽然已各奔前程，但一直保持亲人般的联系，8年前，我们公司正需要招人，我想到可靠能干的薛哥张姐才50多岁，已退休在东北老家享福，他们家条件虽好，不差钱，但是我觉得他们还年轻，完全可以再出来工作发挥余热。我发出邀请，薛哥张姐二话没说，千里迢迢马上来到中山协助我们管理公司的一些事务。工作日的午休时间，张姐还常做些好吃的叫我们一起到他们的公司宿舍午餐，包了饺子还总是给我一份，让我带回家给小孩们吃。每到周末或节日，我则常常邀请薛哥张姐到我家摘水果和吃饭。我们家门口的杧果树是四季芒，一年四季几乎不间断地总有些熟果子挂在树上，张姐直呼杧果吃得过瘾，但也吃够了，再也不想吃了。我家里有好吃的，我都会想着带给薛哥和张姐分享。

薛哥张姐都是爱憎分明的人，特别知足感恩，时刻念着别人对他们的每一点好处。所以，总是夸我能干善良，聪明有才，对人太好。这么多年来，不光常常当面使劲夸我，背后见到熟人也夸我，还时不时发微信夸我并鼓励我，薛哥张姐还说随时都在默默关注着我的朋友圈动态。这让我感受到来自大哥大姐的关爱一直都在，我总是被他们的举动温暖着。张姐还总说我待他们一直如亲人，他们一直都感受到上宾般的待遇，总说一直很感动并感激我。几十年来，我觉得都是被薛哥张姐夸着进步和成长的。他们提起他们的一位东北老乡娶的我们一位客家老乡，多年前他们也曾经被邀请去深圳帮助过人家，却从未被尊重和善待。人家夫妇却自以为是，不懂感恩，并把薛哥张姐当作下人呼来唤去，洗衣做饭接孩子等所有分外之事都让他们做，对他们的态度也很差。张姐说没有对比就没有伤害，直呼我和那对夫妇做人做事简直天壤之别。

我认为薛哥张姐夸我，无形中是在鞭策及鼓励着我，其实，我也没他们夸得那么好，我只是一直发自内心尊重他们，对谁都真心相待罢了。何况薛哥夫妇做人做事确实值得我尊重及学习。薛哥张姐对我几十年来的关爱和鼓励及帮助，我一直心怀感激，这份恩情，值得我永远珍惜及铭记。

逝者已矣，生者如斯，但愿薛哥在天之灵一定要保佑张姐平安健康每一天，愿张姐早日走出悲伤。

情满香山

当年，中山市的高绿化率及碧水蓝天吸引我来到了这座文化底蕴厚重的小城。

1995年的初秋，我在北方办完婚礼直接奔赴伟人故里——香山安居乐业。我的孩子都生于斯长于斯。初到中山火炬开发区张家边，到处可见空置土地和零星的楼盘。当时我们上市公司一位领导指着张家边唯一在建最高端的电梯商住小区——国祥花园城对我们说：我们公司老板在这里买了一整栋楼，50多套房子，好好干，高层管理人员人人有份。太吸引人了，那可是多少人梦寐以求的啊。我们先住在公司干部宿舍努力工作着，都期待着早日分房。哪料，国祥花园城却成了烂尾楼。公司为了安抚首批干部，1997年初就以预支部分工资的方式协助大家在国祥花城附近一次性付款购买了康乐园的步梯商品房。大家心满意足，踏踏实实地安心工作并按月偿还公司借款。当时是没有商品房银行按揭这一说，除了机关单位职工分房，市面上为数不多的商品楼是必须一次性付款购买的，当我们20世纪90年代就在美丽的中山拥有了第一套属于自己的新商品房时，自是令所有的亲戚朋友羡慕不已的。我难免心中自豪感爆棚，无比感恩。

每年的3月28日，中山市政府都会隆重召开招商大会，20世纪90年代末，我有幸代表公司参加过两届在香港国际会展中心举办的招商会及晚宴。高规格的安排及奖励，令我无比激动感恩，至今难忘，我暗暗下定决心，一定要为中山的发展尽心尽力。于是，我在中山一待就是几十年。

中山每年的优秀外来员工评比和奖励制度，也深深地激励着我们一路努力前行，以至吸引了我整个家族的数十位亲人纷纷随我来到中山安居乐业。

中山先后获得"全国绿化先进城市""全国城市规划管理先进单位""全国园林城市""联合国人居奖""国家卫生城市"等国家荣誉。中山每次载誉归来，我都会无比激动，心花怒放并扬眉吐气地与城同乐。

中山的传统优势产业是灯饰、家电、红木、服装、五金……这些都曾经创造过傲人的成绩。能在中山的快速发展时期在家电等实体行业深耕数十载，我倍感荣幸。一切过往皆为序章，我时刻提醒自己，未来仍需在不断学习中前行，做个活到老学到老的人。

人无千日好，花无百日红，城市发展及提升也如逆水行舟，不进则退。当看到我的第二故乡，昔日我引以为傲的广东"四小虎"之一的中山，近十多年经济发展不断被周边城市超越，我心里那个急呀，五味杂陈中仿佛夹杂一些恨铁不成钢的无奈。

几十年斗转星移，数十年沧海桑田，尽管早已物是人非，唯我对中山的深情不变，我依然爱恋着这片美丽富饶的宜居沃土，荣辱与共，日久天长。如今，仿佛已鼓起大湾区几何中心概念的阵阵雄风，我相信中山的明天会更好，相信中山能再创辉煌。

梧桐花开的时候

漫山遍野的梧桐花开之际，我又踏上了回家乡的路。小时候听大人讲过，梧桐花开，春之将尽。

记忆中，外婆家的大山里面，梧桐花是最美的。每逢农历三月末之后去外婆家的路上，老远就能看见灌木丛中片片白花，远看洁白无瑕，近看花团锦簇，芳香扑鼻，沁人心脾。当春风轻拂，洁白的花瓣便纷纷飘落满地。

小时候，梧桐山下，溪水缓缓，清澈见底。梧桐花开之际，便可看到小溪里的小虾成群结队，出来春游。逢此时节，我便和小姨结伴，带着簸箕，挽起裤腿，到河里捞小虾，手把着簸箕手柄，人在后面逆水向前快走几米，再提起簸箕，便能捞到无数活蹦乱跳的小虾来，我便和小姨欢呼雀跃起来，赶紧把小虾倒进装好水的脸盆里。半天嘻嘻哈哈的工夫，便能捞一两斤虾米及个别小鱼回家。当然，我们回家的时候，我和小姨的裤脚早已湿透。我都会三步并作两步，兴高采烈地手端战利品，赶紧回家邀功请赏。我老远就扯开嗓门叫："阿婆！阿婆！快来呀！我们捞到好多小虾回来哟！"外婆就会笑容满面地赶紧过来迎接，先摸摸我的头,再接过虾盆,说:"哎呀!涯个细满子十分外哟!涯满子最外哟!(客家话:我的小宝贝真棒哦!我宝贝最棒哦!)"这可是我记忆中最受用的一句话。这一声赞加头上被外婆抚摸的温情,我心里早已乐开了花,美滋滋的。这一声声赞,如一股股暖流,一直温暖着我的心田,仿佛已是童年的最高奖励。

在40多年前,食不果腹的年代里,春天偶尔的一顿韭菜炒虾米,是最上等的美味了,足以回味一生。

物是人非,小姨嫁到了很远的地方,外婆也去了遥远的天堂,我也早已离开家乡。

那年,也正是梧桐花开的时候,天空下着连绵的雨,外婆仿佛是在梧桐花香的接引下,永远地离开了我们。

如今,偶尔去一趟已没有外婆在的外婆家,只剩在大山留守的舅舅一家,青山依旧在,梧桐花依然,小溪却早已看不见成群结队的小虾。

梧桐花开的时候,我又来到外婆家的小山村,眺望着满山遍野的梧桐花,我和小姨当年在小溪捞虾时的欢声笑语和外婆当年夸我的声音,仿佛在山谷久久回荡。

春雨

爆竹声声送走了浓浓的年味，年就这样过去了，我却沉浸在节日的气氛中不想醒来。

初春，薄念，花开解千愁。微风，细雨，冬去春来又一年。窗外春雨沥沥，飘飘洒洒，贵如油的春雨呀，正恩泽大地。博爱的大地母亲，正孕育着万千生命。

故人何处去，岁月不堪数。风不语，花却懂。春风春雨，花开花谢。天空的眼泪本该是一场场凄风中的苦雨，春天的雨却显得弥足珍贵。请春雨浇醒沉重的我，赐我再生的勇气吧！

迷迷茫茫，时光荏苒。后花园的小船，正静静地躺在河边沐浴着春雨。敢问摆渡人在何方？艰难险阻，万般皆苦，唯有自渡。择一周末，待我扬起坚强的风帆，勇敢做一回自己的摆渡人。

雨是多情的东西，总能勾起千般感慨，万般思绪。雨永远能洗涤万物的躯壳及灵魂。雨属于任何人，当然，今夜也属于我。雨正滴滴答答，不紧不慢地敲打我的窗户，抚慰我的心扉，催促着我快快入眠。

"好雨知时节,当春乃发生。"久旱逢甘露,第一场春雨,铁定是场好雨。去年冬季,听老母亲唠叨了好几回:"整个大晴冬,我种下的果蔬都要干旱死了。"这不,老天爷终于给她送来了及时雨。母亲也该为这场雨高兴一番,此刻或许正在故乡的夜雨声中美美地入梦。母亲啊!您就等待收获遍野的烂漫和丰收的喜悦吧。

美学之我见:春天之美,在于姹紫嫣红;生活之美,在于色彩缤纷;生命之美,在于美好中充满着希望。春天和春雨,也能带给我无限憧憬和希望。盼这场春雨让我家花园五颜六色的凤仙能继续满地撒欢儿,绽放出春天的万种风情。待我把眼泪埋在这春天里,悲伤葬在这花海中。让我在春天撒下希望的种子,收获一片美好之花吧!

(2021年3月16日《梅州日报》刊登)

一抹乡愁

故乡就是我心中的常青藤，在记忆中永不枯萎。乡愁就是我的储蓄罐，存放喜怒哀乐和陈年往事。一抹抹乡愁油然而生，皆因背井离乡。每每仆仆风尘回乡去，皆因对亲人的牵挂及对热土的眷恋。

作家宗哥曾勉励我说："人生就是弯路。"我认同这哲理。时光荏苒，走过岁月山河。谁不曾经历风风雨雨？家乡的长辈亲人们是我心头最大的牵挂，正面对的生老病死和人到中年的种种无奈，就是人生中弯弯曲曲的必经之路。

我坚信泰戈尔所说："你今天受的苦，吃的亏，担的责，忍的痛，到最后都会变成光，照亮你的路。"所以，必须继续前行。没有退路。既然躲不过，何不眼角带笑？勿让阴云上眉梢。奔跑吧，兄弟！我已波澜不惊，从容面对。

远离喧嚣，回归故土时，亲人及发小们总是能让我收获久别重逢的那份感动，感受到满满的人间温暖。愿时光不老，你我无恙，便是彼此心间默默的祝福。对我好的人，就是我生活中的日月星辰。故乡的日月星辰，就是我的诗和远方。君不见，山沟沟里的家乡夜晚依旧是繁星点点，涛声依旧。

若问我故乡最多的是什么，那就是山多。我的家，四周都被山包围着，儿时的我，总是喜欢坐在大门槛的麻条石上，托腮看那日出东方和日落西山，清晨，眼看着火红的旭日从山顶缓缓地冒出来；傍晚，目送落日一点一点被山丘所吞噬。故乡的山岗上，有我和小伙伴们欢乐的足迹，映山红和山稔是我们童年最美味的食物，于是，我把一份乡愁牢牢地定格在山间。

乡愁在故乡日落的袅袅炊烟里，飘着人间烟火的滋味，飘着乡村世世代代生生不息的希望。于是，我把乡愁分作若干份，安放在故乡的小溪河流、田间地头、乡间小路上、老屋新宅里、亲人朋友间……岁月如梭，乡愁如故。一抹抹乡愁一直在我梦里萦绕，更在我这个远行游子的心里温存。

(2021年6月6日《梅州日报》刊登)

待到"春"花烂漫时

待到"春"花烂漫时,"我"在丛中笑。我所期待的如诗般的浪漫意境,今日,终于如愿以偿,美美地上演了。不同角度花丛中拍的每一张照片,深深的酒窝都安然挂在我的嘴角,足以证明,都是发自肺腑并满足的微笑。这归功于春天之美。生活再难,也要努力争取并珍惜片刻的欢愉。

最是一年春好处,鞭炮声声仿佛还在昨天,不觉间,燕子已归来,不时在屋檐下呢喃着。又到春分时节,昨日看到朋友圈晒出中山云梯山立体花海的诱人美景,决意带上老妈去踏春。我辛苦了一辈子的母亲,近一年更是被瘫痪在床、每时每刻都不停叫唤的老爸折磨得身心疲惫。老爸是几乎带不出来了,他只要被用轮椅一推出家门,就马上叫嚷着要回家躺平。老爸这次从鬼门关回来,经历了一年住院及各种治疗,虽然算捡回一条命,生活却已完全不能自理,更是性情大变,不愿配合治疗,全然一副自暴自弃的模样,一做针灸治疗就趁人不备拔针,身边是一刻也离不开人,见不到人就拼了命地叫唤。估计是内心没了安全感,也估计是自己彻底把意志摧毁了,每天两个专门伺候他的人,都被折腾得几近崩溃。家人们均心力交瘁及各种无奈,心痛之余却也束手无策。生病却是无人能替代分担。多想老爸还能康复,待到春花烂漫时,好带他一起出来到这花花世界看看。所以,我倍加珍惜眼前人,我要带老妈出来透透气,想让老妈得到片刻安慰及放松,老妈也太需要鲜花来治愈了。

天公作美,阳光明媚,正是一年好时光。唯美春色怎能辜负?说走就走,赶紧带上老妈,奔赴云梯山立体花海,花海坐落在云梯山森林公园西门,分AB两个黄花风铃种植园区,占地约300亩。不算太远,从我家过去,驱车半个小时就到了。

由于不是周末假期,前来赏花的人不是很多。能到此人间天堂一游是何其有幸,倍感珍惜及感恩。我们跨进A区大门,首先映入眼帘的是两条身形巨大的恐龙模型,恐龙后方是花海长廊起点,三只样貌俏皮可爱的小草熊正摆出欢迎游客进入的姿势。

踏入五彩斑斓的花海长廊,繁花似锦,绚丽黄是主色调,面对这童话般的世界,我瞬间联想起秋天的胡杨林。感觉此处却更胜了一筹。黄花风铃正相互簇拥,熙熙攘攘地挤满枝头。哇!太美啦!实在太美啦,我和堂妹忍不住连连惊呼。含蓄的老妈却一如既往地保持着沉默,在安然中露出了久违的笑容,神情是如此满足。

目光所至,皆是美好,精神倍儿爽。不管是现场摆拍的,直播的,玩抖音的,还是录影的,前来赏花的大多数是中青年。人们的脸上,都洋溢着灿烂的笑容。低头俯视,黄花风铃树下成片颜色各异的万寿菊、小丽花、大丽花和格桑花正争奇斗艳,就像一幅多姿多彩的春天画卷,抬头仰望,层次分明的黄花风铃树,依山而种,暖阳下一片金黄闪闪,黄得干净而纯粹,这可是春天最美的霓裳。从未看过这仙境般的花海,美得太不真实,是梦境,是世外桃源,还是人间天堂?意识已快傻傻地分不清了。我们时而走进花丛观景台,时而在花间徘徊流连,置身花海,我们仿佛已成花仙子。

近300亩的两座小山头已被一片金黄笼罩,大气磅礴,黄花风铃树下那一片格桑花的天地,堪称我的心头最爱。黄花风铃树如大家闺秀,格桑花却似小家碧玉。上下已形成鲜明对比,交相辉映。自从10多年前在青海的塔尔寺附近初见格桑花,一直让我难以忘怀,这可是藏族人民心中象征着爱与吉祥的圣洁之花。它也叫幸福花,在此遇见,容我说声:扎西德勒!

飞花飘落轻似梦,飘落的仍是一片春色。我们信步来到山后最远处一片最纯粹的黄花风铃树下,这片树下没有再种别的花,抬头全是一簇簇金色的花球,低首可见落花堆积,春风轻抚,又是落英缤纷,飘飘洒洒,惹我怜惜,生怕踩疼了一地落花。拾起地上朵朵金黄,往事悠悠上心头,青山依旧情依依。思念本来就是很玄的东西,却在瞬间萌了芽,浮生若梦,谁人入了梦?梦中人又在何方?寻常巷陌,躲过这狭路相逢。滚滚红尘深似海,我已不再是从前那个少年,时过境迁,青丝已现白发,糟心的人或事,此生请勿入梦来。罢罢罢,落花本是无情物,丢下落花,随它去,既来之则安之,本为踏春而来,多踩两脚又何妨,树上花儿才向阳,抬头便是艳阳天。

走吧,到各种花海丛中多拍几张,留下最美的记忆吧,于是,堂妹开启了欢欣雀跃模式,开始了各种抓拍,一会儿把我叫到栈道赏花,一会儿又把我拉到丛林拍照,一会儿冲向平台眺望,一会儿又在花间梯田摆Pose,一会儿又自言自语地录一段视频……堂妹开心得像只小麻雀，乐此不疲地穿梭在花丛中叽叽喳喳忙个不停。

春天终究是美好的开始，孕育着生生不息的希望。我又在花下默默许愿，待到来年春花烂漫时，我会再来，让这醉人的黄花风铃树和春的姹紫嫣红继续点亮心情。

（2022年3月26日《梅州日报》刊登，2022年4月9日印尼《千岛日报》转载，2022年12月16日梅州文学网转载）

故乡的云

这个春天不太冷,当我等到花儿都快谢了,蔚蓝的天空,终于飘来一朵故乡的云,洁白如雪、如棉,看似厚重,却在天空轻飘飘地浮动,悠然自得!

当你消失在天边,我的心碎了一地。不说,云也懂。

清明正在不远处,梦里已全是故乡的影子,夜夜的思念,日子都是慢慢地煎熬。

太想念的心曲又回荡在耳边,每念你一次,恍如黄粱美梦,每梦你一程,都是泪光盈盈,心底的呼喊,都是隐隐的疼痛。

开启了清明时节雨纷纷的节奏。远在天堂的爷爷奶奶、外公外婆,你们都还好吗?我想,你们一去不复返,天堂一定很美。

年华渐行渐远,青春正挥手告别,唯有意识依旧,爱你的心不变,激情燃烧的岁月,依然如故。

多想,化作一弯新月,照亮回家的路。多想,随一缕清风,不远千里去看你。日有所思,夜夜皆梦,在梦里。唯独,不见了你的影子,我心如刀绞。

又到最美人间四月天,我死守初见的美好。一场缘,一生情。传说，亲人都是前世修来的缘分，相遇如梦，心念若尘，纷纷扬扬。眼角迷离，已醉了红尘陌路。

近日，偶遇十里桃花民宿，迎面只有一排假桃花，风儿告诉我：纵然有十里真桃花，世间也无三生三世真情在，所谓的三生三世十里桃花只能是个传说，别太当真！人生的真真假假、虚虚实实，皆是虚妄。无论你爱与不爱，舍或不舍，所有的相遇终将化作云烟，灰飞烟灭！

快许我一帘幽梦，绕开这难眠孤影，月光皎洁，心心念念，都是你的影子。割舍不断的是亲情，容我夜枕春风，你依旧做我今生的念想，情思昭昭，次次回眸，眼角依旧残留你的影子，滑落的泪滴，已咸了苦涩的嘴，怎么也无法化作生活的甜。

醒来吧，天边漂泊的游子。归来哟，故乡的云。安然在生活的碎碎念念、柴米油盐中，岁岁年年，思念绵延。

2023年3月28日作于香江

（2023年4月6日《梅州日报》刊登，2023年4月11日梅州文学网转载）

春分赋

春分,万紫千红也;春至,万物争辉也。昨日春分,适逢十五,素食约起,红妮群锵锵三人行。茶余饭后电影,《比悲伤更悲伤》。故事虐心,强忍泪未流,试问情为何物,领悟各不同。

明月当空,妮子兴起,手机狂拍。月光做证,记载当下。弹指一挥,情谊二十载。月光羞涩,藏进云朵不见。妮子不甘,扫兴收机,人生几何?

此情此景,风吹树影婆娑,花香扑鼻而来,齐叹岁月静好。大道向前,不枉此行此景。春光虽好,伤春悲秋,半世如梦似幻,叹声人生如戏,余悲而欲泪下。

诗儿来电,两度找妈,关心老娘,尚有我娃。多云转晴,烟消云散。送友归家,庭院春光,从未负我。百花齐放,满庭飘香,迎我归来。活在当下,安康是福。优哉!乐哉!

(2020年3月21日慈怀诗会诗作《一曲春风不堪赋,几番流年未解情》合集首篇发表)

鹏城起舞

第三辑

旅程篇

Chapter 03

鸟语花香处,便是人间天堂,花鸟为伴,闻香听音,何其有幸!

漫步春天

"交春落雨到清明，清明过里旺旺晴。"家乡梅州平远有这么一句顺口溜，儿时在老家，立春这天要是适逢下雨，总是能听到大人们欣喜地念叨着这句话。意思是说，只要每年立春这天下雨，那么直到清明前都是下雨天比较多，不怕旱，有利于春耕。如果立春这天是晴天，基本上整个春天雨水都会很少，甚至干旱，影响播种，庄稼也容易歉收。这是先人的经验之言。立春下雨，是个好兆头。

我酷爱南国春天，到处繁花似锦，桃红柳绿，3月，风已带着一丝丝的暖意，柔情蜜意地催开了百花，花儿不是来争春的，它们只是喜欢热热闹闹地欢聚一堂。百花把所有的爱都献给了整个春天。杨柳也羞涩地探头探脑，冒出了绿绿的芽尖，点缀春色。粉红的桃花，雪白的李花，纷纷笑逐颜开。油菜花成片成片地占领了阵地，笑傲着江湖。春天的夜晚，却显得有些冷清，月儿抛开了白天的喧嚣，正高高悬挂。我仰望着弯月，想让心静静地停泊在春天的港湾，却始终带着淡淡的忧伤，挥之不去，仿佛摆脱不掉古人"伤春悲秋"的影子。

春天里，一切美好，都刚刚开始，充满着无限的希望和遐想。家门前的几株颜色各异的茶花，是春天里最耐开的花之一，春节至今，已陆续绽放一月有余，我最爱这棵娇艳欲滴的红山茶，总喜欢近距离拍它芳容，若不小心碰到一朵久开至发白，形有些散的花朵，只能眼睁睁看整朵跌落树下，片片花瓣瞬间在地上散开，我的心也仿佛跟着碎了一地。一转念，想想，或许我当为落红感到欣慰才是，有道是：落红本是无情物，化作春泥更护花。至少，它已把自己埋葬在美好的春天里。

春天的鸟儿，叫得格外欢快，鸟儿们的嬉闹声，引得我忍不住循声追去，哇！一只好漂亮的长尾巴鸟——红嘴蓝鹊，正从附近的杧果树上飞到我家花园的龙眼树上，莫非给我报喜来了？我慌慌张张地掏出手机，准备拍它的英姿，扑棱扑棱，它又飞到了邻居家的枇杷树上，我三步并作两步，赶紧追过去准备拍摄，它又飞到了另一棵沉香树上。它就是不给我机会抓拍。几只麻雀，正东奔西跑，嬉笑打闹着，好像有些幸灾乐祸，笑话着我的欲拍不能。我只好懊恼地收起手机，闻啼鸟而轻叹。

春天，看到春花烂漫，我常常会不由自主地哼起《春天里》的几句歌词：如果有一天，我悄然离去，请把我埋在，这春天里……

我想，鸟语花香处，便是人间天堂，花鸟为伴，闻香听音，何其有幸！

(2024年4月6日《梅州日报》刊登)

兰缘

我虽喜欢花花草草，却尤其钟爱兰，爱你十几年如一日，却未曾为你留下笔墨痕迹。

庚子年春，决意再次进山寻兰，家乡的南国大山总是能给我带来惊喜，寻兰路漫漫，今日深山荒草丛中寻得野兰芳踪，如获至宝，小心移植了数盆，容我精心呵护，静待花开。翻山越岭小手被划破的代价，让我心生感慨：春来空谷欲留兰，奈何君往觅几株。暗自说一声：兰儿莫怕，咱俩有缘才能相见，我来请你入室，必将善待于你。

去年种下的香水紫兰，经百般呵护，终于在春节前后绽放三月有余。这款香水紫兰淡淡的高雅芳香正和我喜欢的香奈儿香水同味，如此巧合！但凡有客人到访，特别是孩童，均被我特别关照：只可远观而不可亵玩焉！而我却常常在家赏花入迷，花开时节更是每每近闻其香，喜欢兰的内敛，芬芳暗持却沁人心脾。喜欢兰纤细碧长的身姿，犹如身材曼妙的淑女，百看不厌。时而把它请入书房几天，脉脉深情地陪我同染墨香；时而把它请入客厅，含羞欲语的你看我品茶待客。开或不开，它就在那里，总能默默伴我左右，不失高贵典雅，陪我安然度过春夏秋冬。

爱！请深爱，爱是不离不弃。今生我将继续迈开爱的脚步：寻兰，养兰，赏兰，赞兰，爱兰。心若有兰，我心香自生。心若如兰，足以让我孤芳自赏。

斯是陋室，有兰则馨。足矣！

（2020年3月15日远方诗歌文化传媒发表）

紫气东来

从记事起,我就莫名最喜欢紫色,可谓是情有独钟。喜欢紫色的林林总总,容我一一抖出来。

几年前买的紫色羽绒服,大冬天走南闯北穿身上,感觉出奇温暖。似乎为其他羽绒服所不能比,不排除心理作祟,喜欢使然。难免给娃也买了不少紫色衣服,有时不约而同,母女装,紫色齐上阵。随便找张留影也足以证明,可谓有图有真相。

紫色充斥着我家的每个角落,闲来画紫荷,室内有紫兰,园中种紫檀,大水缸中养紫莲……紫色低调、温暖、稳重、淡定、吉祥……家中紫色睡衣、手套、袜子、手袋、行李箱、被子……比比皆是,随处可见。如若喜欢,总是有千种方式,万般理由。

最让我引以为傲的,要数我家前花园篱笆门架上的紫藤。每年热情似火的盛夏,紫藤吐艳之时,必是蜂恣蝶恋之日,连开整月才谢幕,每每经过,我步履轻盈缓缓而过,生怕惊动这些紫色的精灵。

大清早,推开家门,清风拂面,紫藤朵朵,含露带笑,旭日东升,紫气已东来,心情瞬间美美的,我报之以温柔的目光、深情的微笑，生怕冷落了某一朵。早上心情好，一天好心情。

　　日落而归，花开之日，我必在花下逗留片刻，风含情，花含笑，驻足观之，我用心倾听花开的声音，紫藤总是努力张开小喇叭，热烈欢迎着我归来，惹我迷醉花下，熙熙攘攘竞相开放的紫藤，似乎正列队向我邀功："主子！花开吉祥，紫气东来，祝你好运来！"美哉，晚上心情好，美梦奔我来。

　　盛夏将至，紫藤待放，此刻我身在外地，未知能否赶上今年花期，只能拿出去年所拍晒晒。不知紫藤是否依然？我乃天生爱花惜花之人，生活中怎能少了诗情画意？久别我心爱的紫藤，生怕有何闪失，一再微信叮嘱老园丁，请善待我家花园，好生伺候我的紫藤。按老规矩，花开依旧，园丁有功，主人高兴，必定年节另有嘉奖。

　　一年等一回，花开半夏，便是一世，紫藤今年的轮回，或许已不能遇见，一花一世界，一心一菩提，万物有灵性，草木皆有情，我陪你春华秋实，风花雪月。你伴我沧海桑田，人间悲喜。我与香山的园子，彼此温柔相待，寒暑已十载。共度这世间不易，且活且珍惜。安好无恙皆欢喜。

　　祈盼，年年岁岁紫藤开，吉祥如意平安福。紫气东来好心情。

　　（2020年5月6日《当代美文》杂志作家平台发表，2021年《平远学习与实践》第15期刊出）

又到桂花飘香时

　　大雪节气至，南国又到桂花飘香时，不见挂一抹秋染的红叶，舞动的仍是痴狂的绿叶，满树芳香而灵动的小花，那是对秋深深的眷恋，对冬的热情表白。没有那大红大紫的壮观，却独自芬芳，我将情怀写给默默的桂树，风起云涌时，我驾起思绪的帆船，漂过天涯海角。念遍万水千山，千言万语，不如采把桂花入壶，让花香入了心，醉了情！

　　我独享着眼前满树的芬芳，金黄的花儿朵朵像一首首精美的小诗。远方飘来一曲《可可托海的牧羊人》，王琪的天籁之音，正诉说着凄美的爱情故事。又触碰着我思念的心弦，世间唯情最动人，不知是否已感天动地，却已令我泪流满面……

　　在夜长梦多的冬季，我写下伤心的诗篇，多少柔情多少泪，多少痴念唱离殇，滚烫的诗温热了岁月的酒，夜空明月寒影，幽静醉美！

　　把美梦串成珍珠，制作一幅卷帘，挂满记忆的碎片。

　　大雪飘扑人面，北国已雪花纷飞，南方冬无恙，心若伤透冷若冰。梦觉尚心寒。万物容易放下,唯情最难释怀。真爱何处觅?真心哪里寻?

又到桂花飘香时,念一树芬芳,爱缀满枝头,醉了整个冬。

2020年12月7日于中山

(2021年1月26日《梅州日报》刊登)

请时光你慢些走吧

沐浴着冬日的一抹暖阳,愉悦着当下,沉淀着岁月,你在陪我慢慢变老,我在陪你慢慢长大,孩儿享受着写生,为娘即兴来首散文诗。共同感受着美好,岁月静好如诗亦如画。

请时光你慢些走吧,如果可以慢些,请你再慢些,慢慢地,我愿意牵着孩儿的手走到地老天荒,海枯石烂。

请时光你慢些走吧,时光不会说话,记忆却能开花,请让记忆定格在此刻最好的年华里,请让记忆开出最美的花朵。

请时光你慢些走吧,好多风景我还没看够。别催促我无情地老去,世间的色彩斑斓让娃多画几张,让娘多看几眼。

请时光你慢些走吧,请留住我傻傻的笑声,傻傻的容颜和傻傻的心。期待着"傻人有傻福"的降临和恩赐。

请时光你慢慢地走,请岁月你缓缓地流。我为抓不住流逝的年华而叹息,为留不住青涩的回忆而伤悲,为留不住所有的美丽而遗憾。

无论时光隧道如何穿梭,我永远是孩儿坚强的后盾,永远把最好给了我娃,给了我的亲人,竭尽所有,在所不惜。只希望时光慢些走，让相爱的人有时间感恩与馈赠，留下美好的回忆。

时光是否已听到我深情的告白？我既然留不住时光，且让我享受这岁月正好吧。

还是希望时光你慢些走吧！慢慢地，慢慢地……

(2021年1月26日《梅州日报》刊登)

荷塘

不知从何时起，我家后花园的小河俨然成了荷塘。也不知是谁家投放了藕，成就了今天的荷塘。慢慢地，荷花已从河对岸长到了我家码头的小船边。荷花给小河增色不少，多了几许浪漫及灵动。每天回到家，我因而更喜欢到后花园逗留观鱼赏荷。万物惊秋，时光如流，眨眼就过了立秋。再不提笔写写这荷塘，我的脑子都快生锈了，花儿也要谢了。

鱼，看见了吗？好多罗非鱼、鲫鱼和鲩鱼，正在莲叶下，空隙间摇头摆尾，欢快地游来游去。成群结队，大大小小，旁若无人地来回晃悠。有向我宣战的意思："来呀，有本事下来抓我呀！"哼！我才不上当，待我猴年马月学会了游泳再收拾你们也不迟。等我学会游泳时就敢自个划船了，想想有朝一日能近距离吓唬吓唬鱼儿们，我很是开心！逗你们玩时，可别吓得你们水中到处窜，乱了方寸。我不喜欢吃鱼，也不会钓鱼，倒是喜欢有空逗逗鱼玩儿。

看，几只红蜻蜓正穿梭在荷叶间，时而点水，时而飞舞，时而落在荷叶上，时而流连徘徊在莲花上，得意地翘起红尾巴。仿佛在宣示,这片荷塘已经是我的天下。殊不知,此刻,我已把你们通通看在眼里,记在心上。灵动的蜻蜓和鱼儿,低调的清清新荷不正是一幅天然的油画吗?当然,几朵莲花才是画中亮眼的主角。

听,滴滴答答,夏天的雨,说下就下。雨打荷叶闲听雨的我,道是有愁又无愁——忧愁无觅处嘛!明明是老天在荷塘奏响了夏天欢快的音符。待雨过天晴,我最喜欢看那荷叶上晶莹剔透银光闪闪的水珍珠在阳光下来回滚动。

夏夜,出去散步,我总要从桥上看看我家后花园小河里的荷。再抬头看看天空的月亮,试图努力地感受朱自清先生笔下《荷塘月色》里的所有美好和曼妙。可惜,我常常只看到朦朦胧胧的荷叶,荷花在月下已黯然失色,模糊不清了。唉!月朦胧,花朦胧,似花非花,也算是朦胧美吧。我多想采几朵莲花回家慢慢独自欣赏,或摘朵莲子回家品尝,冲动了无数次,却从未付诸行动,不忍下手哇,还是独乐乐不如众乐乐。让有缘人经过时都能赏荷带来好心情吧。何况,我的感受是:把美好看在眼里是最好!

从春末的"小荷才露尖尖角,早有蜻蜓立上头",到夏日的"接天莲叶无穷碧,映日荷花别样红";从"萧瑟秋风百花亡,枯枝落叶随波荡",到冬天的"踏破两岸无觅处,寻遍荷塘空水遗";年复一年,小河孕育着希望和生机,我见证着美好的轮回。

远方不远,诗意就在荷塘,愿年年荷花水中俏,我能岸边开心笑。

(2021年8月26日《梅州日报》刊登)

迷人的"鬼捡火"

光听"鬼捡火"这名字,就够瘆人的,这是我家乡的叫法,相信家乡的小伙伴们再熟悉不过了。我小时候几乎到了闻名色变的地步。长大以后,我才知道它通俗书面语叫"彼岸花"。这名字倒是文雅中有诗意且饱含着浪漫。同是一种花,名字的差别咋就那么大哩?

"鬼捡火"在我们家乡都是纯野生的,估计没人敢种。初见"鬼捡火"是在儿时,大概六七岁的时候,盛夏中元节前后,在老祖屋(上老屋)后面,有些阴森的山脚下。我们捉迷藏躲在屋后,看见一小片野生的,只见花不见叶的,妖艳血红的大花朵,我们想采来玩,大人们严肃地告诫我们:"千万不能采!这是阴间鬼持的火把。""鬼捡火"用我们客家方言翻译出来就是"鬼手上持着的火把"。恍惚中,感觉每朵"鬼捡火"旁边都站着一位我们肉眼看不见的幽魂野鬼,吓得我们再也不敢在老祖屋后面躲猫猫。

后来,我在读小学的半路上,在布心坪村路边的几座坟前,每年中元节前后都能见到绽放的"鬼捡火",有些还长在坟头上,显得格外诡异。每次见我心里都瘆得慌,还要躲得远远的并加快脚步绕着走,生怕忽然看到从坟里冒出一只鬼手持"鬼捡火"走出来。

几十年后,我还知道它有好些名字:天涯花、舍子花、引魂花、曼珠沙华。相传此花只绽放于黄泉,盛开于地狱,是通往黄泉路上唯一的风景及色彩。我至今仍怀疑,我当年是否已误入黄泉路?算不算重回了一趟人间?我如今又算哪路神仙?

从小我就胆子小,特别害怕那传说中虚无缥缈所谓的"鬼"。小时候,山里卫生条件不是一般的差,老家的老房子里面都是没有厕所的,几乎一个村子只有几间令人作呕的小茅厕,臭气熏天,没有冲水功能,大家共用。因为奇臭无比,所以都建得离大家住所比较远,小茅厕用泥土砖砌的墙,上面架着树干再铺上干稻草或干茅草作为屋顶。晚上想出去上厕所那是最要命的事,我必须把奶奶及八姑都叫醒,由她俩一前一后护送我出去上厕所。尤其是冬天寒冷的晚上,到处漆黑一片,屋后山上的树林及竹林被风吹得沙沙作响,显得格外吓人,奶奶打着小手电筒走在前面,八姑跟在我身后,我只顾胆战心惊地低头走路,不敢抬头看奶奶或转过头去看八姑,微弱的手电光在寒冷漆黑的夜晚显得格外阴森,常常让我联想到"鬼捡火"这词。恍惚间,奶奶手持电筒就像手持"鬼捡火"的老鬼,八姑就像跟在我身后的小鬼,我生怕自己会忽然看到奶奶及八姑在黑夜中化作面目狰狞的"鬼"样子,担心自己多看周围一眼都会看到"鬼"而被吓得魂飞魄散。沙沙的风吹响声像无数幽灵野鬼在黑夜中的赶路声。走夜路时,总感觉有人或"鬼"在后面跟着。反正,漆黑的冬夜,跨出家门去,安全感瞬间全无。没屎尿也能吓出屎尿来。总之,小时

第三辑 旅程篇　153

候晚上在乡下上茅厕是我认为这辈子最痛苦及恐怖的事情。也不知怎么搞的,越是害怕晚上出去上茅厕,越是不受控,一到晚上就屎急尿急。后来,会讲客家话和广东话的奶奶告诉我一"绝招",上完茅厕一定要叮嘱一番,请屁股哥多多关照,不要晚上再出来捣乱。于是,一定要边拍屁股边念叨三遍以上才能离开茅厕:"屎忽(客家话,指屁股)哥!屎忽哥!有屎有尿日成头欧(白天拉)!千奇吾好暗布欧(千万不要夜晚拉)。"当年念念有词无数次,每次把屁股哥都拍痛了,似乎也没奏效。几十年过去了,至今仍未从儿时上茅厕的阴影中走出来。会讲客家话和广东话的朋友们不妨一边拍拍屁股一边反复念叨试试!这是包你开心的顺口溜!

改革开放以后,大家生活越来越好,家家户户早就纷纷建了新房,新房里面都有了独立卫生间,晚上再也不用出去上茅厕了,山村里的老茅房早已荡然无存。我大概也有三四十年没看到过"鬼捡火"了,不知老屋背后及小学路上的"鬼捡火"是否还在。我也没敢特意去看它们。

后来,我成了怕黑的女人,家里总是灯火依然。这也成了我特别喜欢待在香港、喜欢置身于耀眼的东方明珠不夜城的理由之一。灯火璀璨人气旺旺之处,感觉牛鬼蛇神、妖魔鬼怪也无处藏身了,我自然也就不怕"活见鬼"了。

无巧不成书,刚写完初稿"鬼捡火",近日,我随老铁去了趟深山老林采苦斋野菜,眼看太阳快要落山了。我正问老铁此处是否会有野兽出没,眼前一亮,发现几堆绽放的"鬼捡火"。我壮着胆子让老铁陪我靠近"鬼捡火",蹲下身来仔细端详了一番,"鬼捡火"美得诡异却又超凡脱俗。片片艳丽血红的花瓣像那飘逸的长裙摆，正在残阳下仰天舒展，叶儿却了无痕迹，避而不见，我寻思：血脉相连的花叶却宁愿承受着相思之苦，也永不相见，难道有血海深仇？深红如血的花开难道就是怒放的表白？观而不可亵玩焉。我可没有勇气触摸"鬼捡火"。忽然，飞来一只五彩大蝴蝶，旁若无人地在我眼皮底下最妖艳的一朵"鬼捡火"上缠缠绵绵，翩翩起舞。任由又惊又喜的我一顿狂拍和录像。让我零距离拍了个够，它才恋恋不舍飞舞道别。我怀疑此蝴蝶是梁山伯或祝英台的化身。为何出现时有几分蹊跷？这回，因为有出了名天不怕地不怕的老铁在身边壮胆，我出奇没那么害怕"鬼捡火"了。当下，不正是"阡陌彼岸花彷尽，绘影嫣然残阳醺。千秋清涵蝶恋舞，久忻郁别泪无痕"的诗境吗？

（2021年12月6日《梅州日报》刊登，2021年12月平远县党委刊物刊登）

天空之镜

8年前带孩子第一次去看"天空之镜",4年前和闺密第二次打卡,今天和表妹开启了一场说走就走的旅程,此行已是三度茶卡盐湖行了。

走南闯北观世间风景,茶卡盐湖最能让我暂且忘却尘世间的纷纷扰扰,亦能令我瞬间思绪万千。此乃我今生旅行重复打卡次数最多的遥远地方。这是被《中国国家旅游》杂志评为"人一生必去的55个地方"之一的——中国"天空之镜",素有聚宝盆美誉的柴达木盆地。

听说这里最美的季节是秋天,于是我第一次选择了8月份去,第二次9月份去,而这第三次前往却是10月中旬。3次共同感悟就是"天空之镜"美到让我窒息,冷得让我怀疑人生。每次坐20分钟"盐湖号"小火车到达盐湖深处时都已冻到瑟瑟发抖。料想,此处定是"喝西北风"的最佳窗口。盐湖的天气多变,风大,温差大,前两次去还遇到忽晴忽雨的天气,虽然下雨时会特别冷,但雨过天晴后,天空就像人的心情,瞬间白云悠悠蓝天依旧,清晰倒影在银波粼粼的湖面,更是美得让人心醉。

通往湖心的铁轨锈迹斑斑地卧在空旷的盐湖之上，铁轨两边依稀可见长年被西北风吹得东倒西歪的电线杆。20世纪采盐留下的小火车，在寒风呼啸中满载游客开往湖心之际，颇有一番开往天之尽头、开向末日的景象。

为选择最佳观景和拍摄时间，我们每次都安排在下午三四点左右到达目的地，然后坐小火车到终点下车。有道是"放眼浮云沉碧水，惊心净镜映蓝天"，眼前已是湖清若镜，湖天一色，感觉不远处的天空和云朵已触手可及。置身其中，如梦似幻的美景仿佛让我已经飘在蓝天白云间，有种我心飞扬且欲展翅飞翔的冲动。当我穿上鞋套小心翼翼地漫步在宛如"天空之镜"的湖面上，观看着自己的倒影，瞬间又心平如镜。观远处，人都在水上静静地漂浮，倒影成双。

神秘而清澈的盐湖里面偶尔能看见一些溶洞，还能欣赏到形态各异、正在生长并洁白如雪的朵朵盐花。与其说是"天空之镜"，倒不如说是一面魔镜。湖面水天相接已融为一体，镜与境，净与静，已让天与地颠倒，人与影难分。浮光掠影，仿佛已穿越时空。感叹于此番洗涤心灵的景观，人间仙境乎？景乎？镜乎？

表妹美云此刻宛若天边最美的那朵云彩，人如其名。她在洁白如雪的湖中正扬起手中的薄纱，红裙飘逸，笑颜如花。乐此不疲地顾影弄姿，并不停地请表姐我给她拍照录影。忽然，一阵猛烈的西北风吹落了美云可爱的鸭舌帽，我急忙从湖中捡起，用力甩一甩，帽上的水滴纷纷飞向我和美云的衣裳，瞬间已化作白花花的盐花。见毕，两姐妹相视笑哈哈，已把快乐定格在镜中。

在天镜之端，景区出入口不远处的几座人物为主题的硕大盐雕，巧夺天工，一代天骄成吉思汗、盐湖女神、卧佛……每座充满了神秘的色彩。屹立在天地间任凭风吹雨打,演绎着不朽的传奇。

如若有缘再来,"天空之镜"的日出日落、月亮星辰将是我向往的另一番童话世界。待那晴朗的夜晚,漫天星辰尽布于穹顶之上时,且让我携手灵魂伴侣,置身于盐湖,脚踏星影,感受那繁星的触手可及。必定仿若走在银河,似在天宫。岂不美哉?

在此,听风,听雨,听自然。看山,看水,看美景。放空一切,活在当下,置身天空之境,人间仙境,必定能遇见最美的自己。

2021 年 10 月 12 日于茶卡盐湖

(2022 年 1 月 4 日印尼《千岛日报》刊登)

居延海日出

我看过庐山日出、泰山日出、黄山日出、衡山日出、阴那山日出、海上日出……在天南地北追逐欣赏过无数次的日出，都美得各有千秋！每每看着红日初升，总是能让我产生无法言喻的悸动。但我觉得最令我欣喜和震撼的，非此行所看的居延海日出莫属。

深秋的居延海正是弱水潺潺、落叶翩翩的季节。10月11日从大广东出发去大西北，我们广东中山大白天气温还是炎热的30℃，穿短袖还觉得热，10月15日凌晨来到居延海看日出的，已经是-2℃，温差之大让人受不了。早上4：30起床，穿着线衣毛衣加羽绒服和棉裤棉靴，戴上手套帽子和口罩，全副武装，像包粽子似的裹了个严严实实。在睡眼蒙眬中从酒店坐了1个小时的车，才到达居延海，清晨5点多居延海景区已是人头攒动，大家都是从五湖四海奔着看日出来的。顶着刺骨的寒风，牺牲睡眠追日虽然是辛苦的，内心却充满着幸福的憧憬和希望。

居延海一直以海相称，却分明是傲居茫茫戈壁滩上与芦苇相间的湖泊。我印象中的"居延"二字源自唐代诗人王维的《使至塞上》:"单车欲问边,属国过居延,征蓬出汉塞,归雁入胡天。大漠孤烟直,长河落日圆,萧关逢候骑,都护在燕然。"这总让我联想到此处曾是抗击匈奴及外族入侵的边防重镇、荒漠边关。

游客为占据看日出的最佳位置,大都赶在清晨5点多钟、在黎明前的黑暗中到达,都努力往"老子骑牛"铜像处的观景台附近挤,据说道家老子当年在此羽化成仙,并给世人留下了5000字的《道德经》。人们开始在寒风中守候着,不一会儿,"快看!来了!来了",黑暗中有人开始欢叫,紧接着一片片欢呼声,欢迎着"小精灵"的出场,只见一群群可爱的红嘴海鸥已在黑暗水面上的芦苇间若隐若现地飞翔。我一直以为这些可爱的"小精灵"应该要日出后才会出来飞舞晨运,没想到它们都已摸黑出来陪我们一起迎接太阳。人们开始拿出准备好的馒头、包子、饼干等食物抓在手上,高高举起,海鸥陆续飞向人群零距离吃食,人们纷纷忙着和"小精灵"拍照录像。我喂完带去的饼干及面包,再拿出口袋中最后一条牛奶棒,抓在手上举起,由于牛奶棒韧性太强,海鸥费劲地啄了半天也吃不着,我趁机快速地摸了摸前来啄食的海鸥,急得海鸥在我身旁盘旋了老半天。

在-2℃的刺骨寒风中等待了近一个小时,四肢早已冻得发痛变僵,不停地跺脚及搓手才能保持仅有的一点热量。东方微微发红,太阳已先从天边撕开了一点裂缝,挤出了一道道霞光。天已开始放亮,慢慢地,霞光映红了天空,人们暂停了喂海鸥,又纷纷把目光和"长枪短炮"对准了日出,最耀眼处,已出现了一个小红点,越来越亮,越来越大了,再从半圆到全圆,仅6分钟左右,似圆盘大的太阳已完全从霞光中冒了出来,金光四射,闪烁刺眼的光芒。然后慢吞吞地往天空上面爬升,海鸥轻盈展翅,欢快地穿梭在芦苇间及湖面上，发出阵阵清脆的叫声。芦苇上已薄雾缭绕，湖面波光粼粼。人们纷纷欢呼着发出感叹："哇！实在太美了！好美啊！"芦苇已摆动着纤细的身体和柔软的芦花在晨曦的寒风中轻歌曼舞，妩媚多姿，正延续着生生不息的希望。我感觉从未看过如此大的太阳及灵动的日出画面。

我不禁感叹，此时日出居延海，不正呈现出"'朝霞'与孤鹜齐飞，秋水共长天一色"的绝美画面吗？

2021年10月16日于居延海

（2022年4月《侨星》杂志刊登）

一汪清泉

田震的《月牙泉》余音绕梁,那一汪如歌的清泉一直让我魂牵梦萦,她的歌使我带着惦念赶往那儿看风景,且流连忘返。

一个朋友曾对我说:"我命里五行多水。"古人云:"上善若水,水善利万物而不争。"因此,我的书房一直高挂"上善若水"的匾额。权当人生座右铭吧!毕竟,我一向是喜欢水的,我爱辽阔的大海、清澈的小溪、奔腾不息的江河、宁静的湖泊。当然了,我同样喜欢居于沙漠之中这抹奇迹:纳天地之灵气、日月之精华的一汪清泉。

在太阳快要落向西边的群山之际,为了找寻天边映出的月牙泉,我第一次在初秋的下午四五点钟,绕着连绵起伏的鸣沙山骑了一趟骆驼,体验了一番自古有之的交通工具。这自然让我联想起远古时期丝绸之路上的先人们,伴着驼铃声声走进沙漠,终于看到了沙漠深处月牙泉的神秘面纱。近看月牙泉,好一幅"水光潋滟晴方好,清澈如镜镶沙漠"的唯美画面。边上粗矮的杨柳树和绿莹莹的芦苇,正迎风招展。这沙漠低谷处的神奇之水,常年风沙迷漫,却不曾被淹没,难道有神灵保佑才千年不涸?难道是沙漠最后一滴眼泪？难道是天空的镜子？我又沉醉在万千思绪中不能自拔……

　　为再睹神泉圣水的另一芳容，在某年深秋凌晨，当漫天星斗未曾离开之际，我和美云表妹又一次选择了观景月牙泉。从半山远眺，一汪清泉像一弯新月，更像一面魔镜，在蓝色霓虹灯的映照下正水灯辉映，镶在沙漠深处闪耀着幽光。此刻，星星纷纷忽闪着眼睛问魔镜："魔镜啊！魔镜！我们姐妹谁是最漂亮的星星公主啊？"魔镜很难为情，唯有借助粼粼微波使劲地点头称赞："都美！都美！都是最美的小公主。"上善的神泉早已把对大地万物的爱及岁月光阴糅进了永不干涸的湖泊怀中。

　　为了登上最高沙丘看沙漠日出奇观并远眺月牙泉。我们先艰难地步行登上了第一座沙丘，神奇的鸣沙山的细柔之沙，登之即鸣，走在上面，沙子发出了咝咝咝的响声。但几乎每往上爬一步，就会陷两步，退半步，沙子还不断地往鞋子里灌。我们花了近半个小时，才登上一座小沙丘。景区的沙漠越野车却早已等候在上面，司机游说我们花钱，他们开车再送我们去更高的地方看日出，我和表妹都不想再艰难地当沙漠苦行僧，果断地坐上了越野车。当越野车飞驰在沙丘之上，月牙泉已在远处若隐若现，变得遥不可及。深秋的沙漠风如刀割，头和脸被吹得发麻发痛。加速的心跳随飞驰的车子一路狂奔。我们已经分不清南北东西。哪里是什么沙漠越野，简直惊险如过山车，简直是末路狂奔，亡命驾驶，真想中途叫停，却已经由不得我们，忽上忽下失重的感觉令我和表妹不时发出阵阵声嘶力竭的尖叫。估计我们大惊失色的尖叫声回荡在沙漠深处更像是鬼哭狼嚎。早知如此，不花钱请我来坐，我也是断然不敢坐的，我后怕无情的沙漠会把我深埋在这荒漠之中。

终于，越野车带着我们奔到最适合观景的地方，登高望远心情好，日出天边无限美。我们在月牙泉附近的鸣沙山上看日出，沙漠的壮观雄伟、大气磅礴尽收眼底。微风早已吹散薄雾，柔软纯粹的沙子在朝阳下金光闪闪，熠熠生辉。回头望望，足过无痕，路亦无道。此刻，多么希望你是风儿，我是沙，缠缠绵绵走天涯。有道是万水千山总是情，天涯何处无芳草，我却已踏破皮鞋无觅处。天若有情天亦老，人间正道是沧桑，还是无怨无悔了余生吧。待千帆过尽，心灵深处这汪泉，已是百转千回终难忘记。寒来暑往一缕香，我多想化作一缕青烟，缭绕在你身旁。待你月牙泉边过，相拥水中央，同化一朵莲，安静绽放，任世事摇曳，守住这汪清泉可好？泉不复，沙不语，静默无言胜有声。

任凭斗转星移，海枯石烂。沙漠和月牙泉始终井水不犯河水，驻守着一番岁月的信念，却又演绎着尘世间的相亲相爱情不渝，地老天荒爱永恒。

2021 年 10 月 14 日于月牙泉

（美国《综合新闻》杂志 2022 年第 35 期刊登）

朝圣之旅

想当年，初识敦煌莫高窟，应该是在小学时期的课本上，我了解到敦煌莫高窟是中华文化宝库中的艺术瑰宝，书中舞姿曼妙轻纱飘逸流动的飞天图案，如历史名片般深深地印在我的脑海，我想，长大以后，我一定会去那里看看，领略历代祖先博大精深的智慧及中华五千年的文化底蕴。

这一愿望终于在10年前得以实现，迄今为止，10年间，我已到过3次莫高窟，每一次来到丝绸之路上河西走廊西端的敦煌莫高窟，似置身于墙壁上的图书馆，更似在千佛洞中朝圣，仿如置身佛国世界、艺术殿堂。每次都感觉似有股神奇的力量在感召我，每逢离开之际，我都暗暗想，我还会再来的。今次所想更甚，下次再往，我定要多住几日，不想再随波逐流，来去匆匆。我要静下心来感知这片土地的更多神奇，多看些未曾相见的洞窟。我成了不折不扣的莫高迷，此次敦煌之旅已被我定义为自我意义上的朝圣之旅，或许源于我一向崇尚佛家大智慧和喜欢画画的天性使然吧！更为见证这千年礼佛的虔诚所折服，莫高窟已成为我心中信仰的殿堂。

每次离开之际,我都想写点东西表达我震撼的心灵感受,却总是一筹莫展,无从下笔。我常幻想着用天赐的神来之笔,记下这历代石窟巧夺天工的辉煌和千年的过往。事不过三,不容再拖。起心动念却迟迟未动笔,情何以堪嘛,自己都不能原谅自己,且把记忆的碎片略作一番拼凑来做个记载吧。因为实在有太多的东西让我着迷和深思,有太多的感悟和精彩值得我谱写及探索,比如:每一洞窟的工匠师、画家、颜料色彩、建筑特色,每一图案背后的含义及故事,每一笔线条,每一种服饰,画中人物神态,每一朝代的市井生活,数百窟壁画雕塑和2000多尊形态各异庄严慈悲的泥质彩塑,等等。所有的一切,都值得我一探究竟。我终于明白为何会有敦煌文化学院,为何那么多人长期痴迷于研究敦煌文化。代代修建,不断拓展的千百年来的文化叠加及沉淀,岂是三番五次前往,十天半月研究就能了解明白的?我也终于明白敦煌为何会令诸多考古工作者、佛教人士、旅行爱好者、学者、艺术家、建筑学家等着迷,终于明白莫高窟为何能长期吸引世界的目光。亲眼见到敦煌莫高窟后,真是震撼灵魂、叹为观止啊!

为保护洞窟,每天每个洞窟早已实行限流,所以我每次去都只能看到区区一小部分洞窟。每回,我都会选择当天最贵的套票,先看一场文化与科技深度融合的数字敦煌。在鲜活而生动的球幕之下,人在画中游的神奇体验中,直观了解其厚重的历史及文化的源远流长。

"敦煌"乃"大盛"之意,果然名不虚传,尤其盛唐时期的壁画色彩之丰富,人物服饰做工之精致,线条之流畅,建筑装饰之华丽堂皇也是尤为出众的。一代女皇武则天登基之年在

"九层楼"第96窟内兴建的第一大佛,"北大像"弥勒大佛更是气度非凡,庄重而神圣。睹物思人,自然能联想到大唐盛世治国有方并威风凛凛的则天女皇了。各个朝代的洞窟风格各异,特色鲜明尽显。自公元366年从乐尊和尚第一石窟开凿起,莫高窟洞群经历了从前秦到元朝,11个朝代1600多年的营建,是世界文化遗产中为数不多符合全部6项标准的古代文化的艺术宝库,足以傲视异邦古迹,雄居天下。想到这里,我瞬间觉得能生在中国何其有幸?为有如此智慧的祖先感到无比骄傲及自豪。

举世闻名的第17窟藏经洞,据称内有从公元4世纪到11世纪的5万多件各类文物,数量之多令人惊叹。从讲解员口中了解到:藏经洞是在1900年被一位叫王圆箓的道士所发现,据知里面大部分文物已流失到海外。我们还了解到英法日俄等国的一些强盗们对其中4万多件文物的骗购和掠夺。我们只能随讲解员在洞口徘徊,可惜无法深入其中。这些文物到底都长啥模样?到底如何存放的?存放空间有多大?凡此种种问题,对我来说仍然是个谜,徒留痛心疾首的伤悲之情。

继续汇入人流,随同专业的讲解员走进洞窟的每个角落,无论是讲述佛教故事,还是对塑像色彩及做工用料或神态的解说,都能让我凝视并流连。继而努力试想着时代背景,按捺不住地心底惊呼,思想在燥热中升腾,灵魂无法平静。是被信仰的磁场吸引还是被飞天的祖先召唤?是被艺术及境界所震撼,还是被先人的才智和精神所折服?我对遭到破坏或损毁或流失的洞窟文物备感惋惜,深感此地千年文化及艺术的结晶博大精深,需要后人的呵护和传承。不知千年历史上支持扩建的天子们是否都曾踏上过这片神奇的土地？此刻我已被一股股说不清道不明的复杂情感积满胸怀。

每往莫高窟，每次听完讲解参观完毕，我总是要在山脚徘徊，试图梳理一下这处瑰宝千年过往的历史脉络和人文精神。

最令我着迷和不解的一幅石窟壁画，是创作于北魏的禅定佛像，神秘而微妙的微笑比法国巴黎罗浮宫的《蒙娜丽莎》整整早了1000年。讲解员在石窟内用手电筒从不同角度照向佛像面容，笑容都是极为动人。神情恬静和悦的禅定佛从嘴角露出丝丝发自内心的微笑，似是禅定中顿悟后的愉悦。据称有考证：蒙娜丽莎的微笑中含有83%的高兴、9%的厌恶、6%的恐惧、2%的愤怒。我则认为禅定佛具有100%的愉悦。简单而纯粹的微笑，绝对比蒙娜丽莎更胜一筹。我初见这尊微笑的禅定佛像时，瞬间能悟到一眼千年的震撼和感觉。余秋雨先生称："看莫高窟，不是看死了1000年的标本，而是看活了1000年的生命。"这一说法再恰当不过了。莫高窟本身就是中华古文化及艺术的一棵常青树，具有永恒的生命力，一直都在有灵魂般地存在着。

遥想当年，年轻的我可是爱笑的娃，也曾许多年喜欢长发披肩，喜欢那份秀发飘逸、轻松自在的美好感觉。初出茅庐之际，我们外企的同事仓管司科长，一见我就笑曰："哎呀！小丽莎来了。"初闻，不知其意，丽莎到底是何方神圣？总之感觉应是友善的称呼，久而久之，终择日，究其因：何谓丽莎？答曰：小蒙娜丽莎是也。称我长期面带微笑，长发披肩，有股蒙娜丽莎的范。我哑然失笑。天啊！君有所不知，我不否认天生爱微笑，但我笑不露齿却有着难言之隐。怕一张口笑就出卖了我那长得不太争气并脱颖而出的两颗虎牙。从此，蒙娜丽莎在我心中变得亲切起来，仿佛该感恩她冥冥之中保佑我从微笑中学会了完美掩饰。可以负责任地说，属于乐观派的我，微笑大多是开心和善意的，或偶有难以言喻的丝丝苦恼或愤怒夹杂其中。

正所谓："人之初，性本善。"微笑终究是善意美好的象征，在微笑中过好每一天吧！莫高窟中的千年千佛，足证中华文明古国之智慧及信仰由来已久，代代相传。

2021年10月14日三度造访敦煌莫高窟之际

（2022年9月6日《梅州日报》刊登）

一念间

我承认,我是矛盾的综合体,从何说起,且容我道来。

都说伤春悲秋,也不尽然,对我而言,也可谓乐春喜秋,喜忧参半吧。所以春秋两季注定收纳着我的快乐和伤悲,心境的阴晴圆缺表现尤为突出。整体来说,我还是个乐观向上的人。

我是酷爱春天的,我最喜欢春天嫩绿的小草地,喜欢走在软绵绵的绿色世界里,踏进这春天的柔情,感受大地的一片生机盎然。我喜欢在和煦的春风里,躺在小草的怀抱中沐浴暖阳,仰望天空,让思绪在微风暖阳中飘荡,让心情在蓝天白云间翱翔。放飞快乐的心是如此逍遥自在,无拘无束。

我喜欢春天的万种风情与芬芳,从冬梅的辞别让春风送来了春梅的祝福,再迎来千树万树梨花开,从桃红柳绿再到油菜花绽放的遍地金黄,一切是如此美好,仿佛连空气都是清新甜美的。知道我出差到了贵州,铜仁的彦君同学邀我去看瓦屋乡万亩油菜花,想与我来一场金色花海的最美约会。六盘水的小马兄弟则也约我去看乌蒙大草原漫山遍野的百里杜鹃。他们俩的诚意邀请和对美景的盛赞,令我神往不已。我正筹划着此行干脆多花两天时间顺道看看贵州最美的春天,但计划总是赶不上变化,这两场美好的花间约会计划均因突如其来的事情一夜之间泡了汤。我们空欢喜了一场,只得迅速驱车离开贵州。这三生三世十里桃花的仙境只能在梦中继续盛开着。待那桃花灼灼,祝福所有的美好能在这片桃花林中遇见吧。

有道是"有花堪折直须折,莫待无花空折枝",一年四季,我却是有花折花、没花也折枝的人,时不时会剪些花或枝叶造型放置于餐桌,花有花的美艳和芳香,枝叶却有枝叶的艺术美及骨感的倔强美。一草一木,一花一叶,在我眼里都是有生命力的,都有温婉可人的一面。美丑自在人心,能感知并取悦自己即可。

可是,我不喜欢看落英缤纷的景象,这是生离死别的场景。我也排斥没完没了的春雨绵绵,要是再遇上潮湿得让人发毛的回南天,更容易让我想起"清明时节雨纷纷,路上行人欲断魂"这首诗来,继而,自然而然就会想念逝去的亲人,顿感一片悲戚戚,愁云惨雾漫天飞,让我瞬间成了忧伤的载体,混混沌沌中感知着人在江湖,梦断天涯。

如若心如晴天之时,春天傍晚偶遇一场春雨,我会欣喜无限,美好地将其冠之以"春夜喜雨"的称谓。

尽管我不喜欢纷纷扬扬一直下个不停的春雨,却喜欢这春天空山新雨后的那份小清新,嫩芽新绿,青翠欲滴。俱往矣,昨日之日怎可留?只好随意春芳歇吧。

我是农民的孩子,自然体会过农家春种秋收的苦与累,喜与乐,儿时春天的农忙时期,我们周末都要帮家人或亲戚插秧苗,茫茫的水稻田间,随处可见面朝泥土背朝天插秧的父老乡亲。苍茫大地,也曾留下我娇小的身影,我曾以灵活的小手快速地左手出秧，右手插秧，让苗儿横竖有序，队队成行，芊芊弱指，点出过一方的碧波荡漾。插秧半天之后眼冒金星并久久站不起来的那份腰酸背痛的累，最能令人深切感受到"粒粒皆辛苦"的含义。当秋风送爽带来成熟，那份喜悦之情，都展现在沉甸甸的稻香里。

家乡的秋天是金色的童话世界，主打着喜庆的丰收黄。除了到处可见金色的稻田，大地已硕果累累，黄澄澄的柿子，金黄色的橙子，橙红色的橘子，鹅黄色的柚子……都在丰满的成熟中笑弯了腰。野果也已飘香，片片成熟的气息扑面而来，和小伙伴们欢天喜地上山岗采摘野果，山捻子、沙果和野柿子……那曾是记忆深处最快乐的源泉。

自古逢秋悲寂寥，待层林尽染，秋收过后，阵阵的秋风扫落叶，深秋已让大地疲态尽显，满目悲凉话惆怅。深秋时节，恍如人生晚景，传递着万物易逝的信号。不禁又感叹起生命匆匆，太匆匆！

伤春悲秋在于心，喜怒哀乐一念间。日复一日，年复一年。请勿问我春花秋月何时了，死去"终"知万事空。终究，你我殊途同归。

（2022年10月16日《梅州日报》刊登）

小草

"没有花香,没有树高,我是一棵无人知道的小草……"当久违的旋律在耳边响起时,我感叹与小草已是命运共同体。

年近半百的人了,我还会偶尔用童音哼哼几句小草之歌,以唤醒沉睡的灵魂,苟活在给自己编织的童话世界里。而世间,仍会有那么一些重情之人,痴心男女。尽管人间绚丽多彩,活色生香,却宁愿静静地守护着心中一道微弱的光,照亮着前行的路,痴痴地继续等待着属于自己的一瓢饮。有道是:"一曲春风不堪赋,几番流年未解情。"怎奈公主也会在优雅中慢慢老去,王子尚在何方?

做人如一株小草多好!简单纯粹地活着岂不快哉?永远活在童心荡漾的感觉中竟是如此美妙。人可老,心万万不能老。不然,未老先衰,暮气沉沉,一路向西天了。

忽然萌生了一种感觉,我仿如一株小草,一直草草地活至今天。我深情地扎根大地,热情地拥抱着日月星辰,无须在意别人是否为我鼓掌喝彩。仍要努力向阳而生,没有忘记,我只是一棵默默无闻的小草。

我必须做一棵坚强的小草,纵然没人呵护和心疼,也要在内心无比柔软中继续坚强。来吧,休管狂风骤雨,哪怕电闪雷鸣,料定往事如烟,我已走过岁月的温情,年复一年,不管我的每一粒种子落在房前屋后还是田间地头,是荒郊野外还是高山洼地,我都努力地活着。我感恩大自然给我的一切,阳光露珠,风霜雪雨,让我闻到了香,看到了美。我慢慢地在时光中穿梭,已读懂了世间的悲喜。我把善良化作片片绿,为大地无私地点燃了爱的活力。

天,蓝莹莹的,飘来一朵洁白的云,很轻,很轻;飘进了小草的心坎,待千帆过尽。只见天空掠过一只小鸟,小鸟本想依人,怎奈思君不见,只好翻过了雪山来到了草原。又飞向了大海,惊鸿一瞥,已穿越了心潮的万水千山。且将相思一片片,化作一曲太想念,久久回荡在耳边,拨动了思念的心弦。这多情的秋,早已将爱意深藏。

在收获的秋天,无意间,我仿佛已找回前世走失的大哥,大哥全家与我的缘分足以令人拍案惊奇。大哥微信发来的人生座右铭竟然也和我神奇雷同:"生命不息,奋斗不止;生命不息,学习不止;生命不息,大爱不止。"我已秉道而行几十载,未来,我们相约继续加油。珍惜相遇,感恩善缘。且让我们如小草般向阳蓬勃,生生不息,在生命的旅途中都能活得游刃有余。

秋已深,月朗星稀,凉风习习,夜色撩人。谁能偷来一壶黄昏的酒?一起小酌微醺,笑看这小草黯然失色,正拥抱着寂寞与冷风。任由月老,掀开湖面的波澜。壮阔的水面,又怎能做到荣辱不惊？树欲静而风不止，草欲安而风不让。

　　小草也好，微尘也罢，终归是渺小而卑微的。一切犹如梦幻泡影，如露亦如电，应作如是观。或许，只需要草草地活着，且让往事随风，安然当下。岁月静好，再道一声：如草，甚好！

(2022 年 10 月 26 日《梅州日报》刊登)

牡丹缘

我喜欢出淤泥而不染的荷花,也喜欢追逐阳光的向日葵,我喜欢高雅的空谷幽兰,也喜欢象征着忠贞不屈、傲骨凛然的蜡梅……总之,是花,我都喜欢。我想,有花开,终究是美好的!所以,我不光喜欢赏花,更喜欢画花。要问我喜欢什么花,当然非牡丹莫属了。

"唯有牡丹真国色,花开时节动京城。"唐代诗人刘禹锡的《赏牡丹》,我从小就耳熟能详。我一直梦想着能到河南洛阳观赏牡丹,却至今未能成行。

在广东或香港,只有每年春节逛花市,我才能见到牡丹花,所以每回我都刻意久久地流连在牡丹花放置区,脑海中闪现出无数的形容词来:浓淡相宜、娇艳欲滴、高贵典雅、雍容华丽、百花丛中最艳丽、傲气凌然展芳华、国色天香人人爱……感觉怎么形容都显得如此苍白无力。仿佛需要当众高歌一曲《牡丹之歌》,才能呐喊出我的心声来。

多年来,我总是三天打鱼、两天晒网式地自学工笔和油画,三脚猫似的功夫一年也动笔画不了几张。我一直觉得国画写意画是最难的，尤其是画写意牡丹，近期心血来潮，一一抽空挑战了写意山水花鸟、梅兰竹菊，并决意攻克国画牡丹。我想，只要我能把我认为最难画的写意牡丹拿下，以后应该没什么能难倒我了。

去年某日，走在街头有幸偶遇良师一位，姓黎，名曰坚强。此师年已半百，多才多艺。低调谦卑，心地善良，常常口吐莲花，让众生欢喜。我认定此师乃我人生中又一善缘。老师数十年来，长期身兼多职，书法绘画、拳击散打、经络调理、奥数文理样样精通，还颇有名气。他一手培养的学生获得过全国一等奖等众多优异成绩。今年我择机去找他请教三招两式，给我指点迷津。初期我一看到牡丹花的图案，就晕头转向，云里雾里。感觉这玩意儿实在太难了，当老师教我比画了几笔，我就开始大胆玩起了创作，老师吓得够呛，直呼我如此天马行空的跳跃思维及模式，他闻所未闻，见所未见，笑我没学会走路，就直接跑了起来。老师还笑对旁人说："不能用常人思维和方法对待与众不同的她，她是连画画都不会老老实实地按规矩出牌的。"我会微笑着安慰与我年龄相仿的老师，请老师淡定，我只是喜欢不断挑战和超越自己，将创业及营商当中凡事努力找捷径的手法，变通到学画上来，我行我素地只管大胆涂鸦着。我之拙见，画画要胆大心细，下笔才有神。下错了笔我都会想到办法及时"补锅"。或者将错就错，变废为宝。最终，我似乎还没让老师失望过。老师也只好有些无奈地笑称我为"补锅大师"。我始终坚信，"世上无难事，只怕有心人"，兴趣也是最好的老师。我大胆创新和创作，总是会收获惊喜。特别感恩黎老师曾经的无私教导。如今，我已略懂皮毛，晚上能在家大胆发挥，自在涂鸦。

正值新春来临之际，为应时应节，喜庆迎新，我两周内花 23 个小时创作了一幅 4 尺大的《牡丹图》，9 朵大小不等、形态各异的牡丹花和一对幸福的燕子。两个巴掌大的牡丹花，就得画上两个多小时，直画得我眼冒金星，云里雾里。我对画画的喜爱，有时简直到了废寝忘食的地步。业余时间一有空就写写画画。常常一坐就四五个小时，还有几次画工笔，一口气从周日上午画到了晚上，连续画了 10 个小时，不饿也不渴，不吃也不喝，不离座位，画到天昏地暗，晕头转向，最终把一幅作品完成才罢手。

我荣幸地请到了广东省侨界作协德高望重的张文峰会长题字："情深描国色，吉庆燕归来。室染书香懋，花随德福开。"张会长妙笔生花，文采飞扬，行云流水，墨宝飘香，为拙作添彩生辉。

此幅画作《牡丹图》之本意，在于深情祝福大家：花开富贵，新年快乐。六六大顺，幸福久久，喜燕归来，吉庆满堂。

（2023 年 1 月 19 日印尼《千岛日报》刊登，2023 年 1 月 21 日美国《综合新闻》杂志刊登，2023 年 3 月份《侨星》杂志第 1 期转载，2021 年 12 月 26 日《梅州日报》刊登）

大自然的调色盘

多年前第一次去看奇险灵秀美如画的张掖七彩丹霞，缘于老谋子的贺岁片《三枪拍案惊奇》，我一直不相信天下会有美到感觉如此不真实的山脉，决定一探究竟。我以为七彩颜色的山脉是用油漆或者彩布盖上去，是为拍戏特别制造的场景。

当年，我从中午一直游玩到傍晚日落时分，中午还是天清气朗，七彩斑斓的群山连绵。下午三四点钟却突然下了一场特大暴雨，山洪暴发，黄泥滚滚，然后天又开始慢慢放晴，眼看着金光四射的太阳缓缓地落向西山，我终于感受到"大漠孤烟直、长河落日圆"的如诗画境，七彩斑斓，神奇唯美！全球25个梦幻旅游地之一的美誉果然名不虚传，被评为中国最美六处奇特地貌之一也是当之无愧。我怀疑这块神奇的土地是天宫不慎打翻了调色盘，将斑斓的色彩洒落在人间所形成的。

今天和表妹一起，再次故地重游。天公作美，蓝天白云之下，我们来到最大的1号观景台：七彩云海台。俯视之下七彩洪波气势磅礴，灵猴观海、大扇贝……形象逼真，惟妙惟肖，包罗万象。放眼望去，四壁陡峭，色彩斑斑，层层叠叠，交错有致！我们折服于大自然的鬼斧神工，再次被眼前的景象震撼着。我不断给表妹移步换影，试图把她着装时尚的倩影和造型丰富的斑斓彩色融为一体。

如果每个景观点都想欣赏到，半天时间是不够的，所以我们第二站直奔最精华的部分——七彩虹霞4号景观台，表妹急于一睹神山的新画卷，急急忙忙下了车，把她那拍照的美丽道具——可爱的牛仔帽遗忘在穿梭巴士上了。那就改用我的道具，飘逸的丝巾吧，丝毫没影响表妹爱美和拍照的心情，景点的定义都是三分看形状七分靠想象的，身处大自然仙境般的怀抱之时，尽情发挥丰富的想象吧！眼前"神龙戏火"景观酷似熊熊燃烧的火焰，整体看去，只见一条神龙卧在天地间，头朝大海，脊梁直挺，尾巴高翘。龙周围的缓波好像汹涌的海面，貌似龙与火焰正在嬉戏！"神龟问天"之景，那是地貌饱经岁月的沧海桑田和风花雪月的结晶。"小布达拉宫"颇有西域原宫的意境形态。忽然，天呈异象，夕阳西下，落日余晖之上的云彩，幻化出一幅"大鹏展翅"的景象，栩栩如生。最后，大家都直呼是大鹏，而我怎么看也像一只正在展翅翱翔的凤凰。人们惊呼着神奇，我也觉得有些不可思议。感叹于天空就像魔术师，时不时给人间送来惊喜及欢呼。心想，不知是否预示好事降临呢？见者都有福吧！

麻子面馆、丝绸之路、赤壁长城……诸多景点，这次已来不及细品。此地已游三回，不一样的时间，不同的人；一样的心情，一样的美。一览七彩丹霞，天下群山顿然失色，此话不假。七彩丹霞每次都给了我强烈的视觉冲击和震撼，感恩大自然的馈赠。喜欢油画的我，好想功力长进之时，把天宫打翻在此的调色盘纳入我的画卷。

2021年10月17日于张掖七彩丹霞

（2023年3月6日《梅州日报》刊登）

由一首歌想到的

今晚和小闺女到小区散步，远处飘来一曲王琪的天籁之音《可可托海的牧羊人》，我们循声而去，原来是妇女们在用这首歌当伴奏来跳广场舞，她们用自创的舞姿在表达着牧羊人和养蜂女的款款深情爱意。我感叹于她们的新潮及与时俱进。或许，这歌也让她们想起年轻时的浪漫爱情故事了吧！

一年前，《可可托海的牧羊人》唱响了大江南北，初听，感动得我稀里哗啦。如泣如诉的凄美爱情故事，直抵心灵深处，不知让多少人潸然泪下。草原、高山、杏花为证，爱似海深，那份原本美好的爱情却无奈到令人心碎，悲情的爱恋总是感天动地。风哭泣，山鸣咽，日月同悲……

歌词说养蜂女已经嫁到了伊犁。听这首歌总让我想起开心难忘的新疆自驾之旅，想起新疆伊犁的可可托海，想起草原上那宛如纯澈明珠的赛里木湖，想起那7月的独库公路，560多公里开了一整天，却经历了北方一年四季的气候和美景，看到了那美丽的那拉提草原和天山、珍贵而散漫的云杉，还有那碧波荡漾的大草原上无数的牛群羊群和奔驰的骏马，风吹起片片麦浪，那是新疆大地最优美的舞姿，油菜花海漫山遍野的金黄是那片土地上最灿烂的笑脸，南疆的胡杨已千姿百态地醉倒在荒漠戈壁之中……所到之处色彩斑斓，如梦似幻，每天经历着人在画中游的境界。不到新疆，不知中国之大，不到伊犁，更不知新疆之美竟是如此震撼。我一直想记录大美新疆并写点关于旅友肖老师的故事。一拖再拖几年都过去了，再不写，恐怕，一辈子就过去了。

那年夏天，我们一行10人，用两台车开启了10天新疆自驾之旅，同车有位教育界名师肖老师，高高瘦瘦，斯斯文文，白白净净，谦让有礼，约50岁。一路上大家有说有笑，他却始终保持着沉默是金的本色，不爱吱声的他却给大家留下了最深刻的印象。

自驾第一天，开了五六个小时后，错过了饭点，只好到处找地方吃饭。好不容易找到一家尚在营业的快餐店，上菜速度还特慢。每上来一份肖老师都推让别人先吃，大家礼让他先吃，他都让大家先吃。肖老师却默默地坐在桌子角落边，眼巴巴盯着别人的餐一份份陆续送来。饥饿的他馋得直咽口水，在憨憨的微笑中等待着属于他的那最后一份。先吃的人都已经吃完了，他的却还没上。我和芳姑娘坐在他旁边，眼看着他又馋又饿又大力在咽口水的模样，感觉他当时就像个备受欺负、饥饿委屈的孩子。我和芳姑娘看他这副可怜兮兮的样子，既惹人怜又好笑，越看越好笑，芳姑娘直接就笑喷了，芳姑娘在努力地想言辞形容肖老师的模样："备受欺负的童养媳""可怜的小媳妇"云云，我和芳姑娘都不好意思先吃了，只吃了一点，就等他的上来我们再一起吃。好不容易等他那份上来后，我和芳姑娘一起哈哈大笑看他狼吞虎咽的样子。队友们都被逗得捧腹大笑，后来中途的简餐，肖老师都保持着植入骨髓的谦恭礼让。大部分时间都舟车劳顿，尽可能吃围餐，以便大家一起风卷残云。

最难忘的要数那伊犁之夜，我们来到伊犁三面环山的高山大草原，只见莽山连绵起伏，杉塔沿沟擎柱，山坡毡房点点，错落有致。晚饭点了一只烤全羊，我们在蒙古包里一起大快朵颐，待酒足饭饱之际，毡房外已点起篝火，响起了欢快的音乐，来自五湖四海的游客纷纷走出蒙古包或毡房，都加入舞群中，肖老师像换了个人，简直戏精上身。他时而像跳大神的神婆般张牙舞爪，时而像放置在马路边挥舞着手招呼人进店的充气人偶，用高瘦的身躯摆动着固定而僵硬的姿势；时而像迈克尔·杰克逊复活般一顿疯狂霹雳舞，时而像电影里正蹦跶蹦跶出山的僵尸，时而冒出几步国标，再来一串猫步……肖老师乐此不疲，忘我地狂欢着。看他那副旁若无人自我陶醉的模样，还有他那怪异僵硬的搞笑舞姿，杂乱无序，见所未见。大家先是目瞪口呆，云里雾里，回过神来都笑得前俯后仰，直擦眼泪，我和芳姑娘几乎笑到肚子抽筋。我们每聊起肖老师的逗乐吃相和魔性妖舞，都乐不可支！大家笑言，若有机会，定要再睹肖老师天下无双的雷人舞姿。

新疆是个好地方，处处都是好风光，是去了还想去的地方。那里有香飘满街头的诱人羊肉串、美味手抓饭、新疆大盘鸡、皮薄如纸甜如蜜的大西瓜、爽口多汁的吐鲁番葡萄、甜滋滋的和田的杏和枣、阿克苏的冰糖心苹果和香梨……新疆的人们个个能歌善舞，时不时给游客们舞上一段，飙上一曲。新疆会让你吃不够，看不完，流连忘返。新疆之旅，我们同车5位旅友一路吃喝玩乐说唱笑，天天开心乐翻天，最后总结并直呼：堪称大家旅游史上最开心的一次。期待和芳姑娘及肖老师这帮开心果有机会能再次同游。

春之歌

初春,连续大降温,并下起了大雨,岭南阴冷的天气至今已持续了一段时间,周一到周五,我却因新的工作安排,每天裹得像个粽子,在寒风冷雨中早出晚归。我常常还被这倒春寒冷得打战,我都差点被自己风雨无阻的新春斗志感动了。不得不承认,我是个感性的动物,内心太柔软,总是容易被一点点的好所感动和感恩着,还常常被凡事努力到无能为力的自己感动着,我也算是个自信且自恋的人吧。我从不否认失败乃成功之母,但我更愿意相信自信加全力以赴才是成功的母亲。

正值"草长莺飞二月天,拂堤杨柳醉春烟"之时。今日终于迎来周末,室内只有6℃,早餐过后,我独自懒洋洋地躺在沙发上,享受着此刻的轻松自在。窗外,后花园小河已春水荡漾,对岸邻居家的杨柳正舒展着嫩叶新枝,在微风细雨中轻歌曼舞。我花园中的年橘,个个身披春雨甘露,橙黄诱人。每年我都舍不得摘下,静待它们果熟蒂落并化作春泥,然后再开花结果,任由它们周而复始地轮回着。

我春节前买回两株含苞待放的剑兰,至今已盛放一月有余,盆高花壮，栽种后足有 1.5 米高，担心天寒地冻中被风吹雨淋，会摧残了它娇贵的身躯。前些日子大降温之前，我费了九牛二虎之力才把笨重的兰花连拖带拽地请进屋来避寒，差点把我的老腰闪着。此刻，两株兰花正在沙发两旁静静地陪伴着我。

前后花园年前种下的数十种花，尽情地吸吮过大地日月恩赐的阳光雨露，一片欣欣向荣，花开灿烂依然。它们正在春雨中迎风招展，显得格外娇嫩美丽，楚楚动人，正微微地向我点头微笑。

风停了，雨住了。太阳却不愿意出来，阴冷的天气却无法阻挡鸟儿出来耍欢的步伐。只见一群小麻雀叽叽喳喳地欢叫了起来，纷纷飞落在我家的龙眼树上，正欢天喜地上蹿下跳，像要举办一场春天的盛会。

扑棱！扑棱！忽然出现两只嘴尖尾长、黑白相间的喜鹊，轻快地飞向了我家更高的番石榴树上，展开歌喉，你一声我一声地鸣叫着，高高在上，旁若无人地对唱着，瞬间声盖麻雀，仿佛是来挑战的，喜鹊响亮而清脆的歌唱引来我的注目礼，令我精神为之一振，我的乖乖，表针指向 10 点 10 分，传说：巳时灵鹊叫，主有喜事，临门大吉也！莫非报喜来了？可是，谁能告诉我，喜从何来？喜鹊乃报喜鸟，既然来了，终究算是好预兆，我就静静地等待天上掉馅儿饼吧！

大地早已吹响春天的号角，尽管"二月春风似剪刀"，也别忘了"万紫千红总是春"，我提醒自己"最是一年春好处"，感恩善待每一天。且让当下的风声、雨声、鸟叫声，声声入耳，用心感受并聆听这曲"春之歌"吧！

怪树林之境由心生

出游第四天,终于来到额济纳旗达来呼布镇一片荒漠中的怪树林,准备看日落。首先和表妹在景区正门口来张合照,证明到此一游。

进入景区,说不出来的惶恐,眼前到处是枯死的胡杨,千奇百怪,千姿百态,给人一种尸横遍野的感觉,如同世界末日的景象,透出一股阴森森的气息,令我有些毛骨悚然。到处怪骨嶙峋的胡杨似乎正仰天诉说着曾经对生命的抗争与渴望。估计怪树林是以枯死胡杨形态的奇特怪异、悲凉壮观而得名吧。

能震撼人心的地方,总会有属于它的故事和传说。导游介绍怪树林中枯死的胡杨是黑将军及众将士在此恶战后英勇牺牲的化身,我无从考证。也有说是由于河床改道,水源断绝导致胡杨大面积枯死,这对我更具有说服力。沙漠胡杨的"生而千年不死,死而千年不倒,倒而千年不朽",是何其顽强的意志啊!胡杨一直是我心中真英雄的本色及化身。

我找一张景区内的休闲椅坐下,环顾四周,试图换一种角度和心境聆听大自然的声音。我努力地尝试境由心生,期待一场完美的正向演绎。有时喜欢舞文弄墨的我,忽然觉得,这些已枯死千年的胡杨枝干，酷似老祖先留下的古老文化：草书，笔走龙蛇，恣意挥洒。又像一件件天然艺术品，任你发挥想象，觉得像啥就是啥！这不，有的像鳄鱼，有的弯弯曲曲如蛇形，有的如骨感沧桑的老者，有的像起舞的少女，有的像正拥抱在一起的情侣……把它们当艺术品去慢慢欣赏倒是一件高雅曼妙的事情，当心生美好之际，恐惧感自然已了无痕迹。

　　10多年来我一直嚷嚷着要看心心念念的胡杨，如今终于得偿所愿。我走进怪树林深处，终于看见些许复活或者活着的胡杨，可见稀疏的黄叶高挂，秋日风下，还能感受到一丝丝金辉摇曳、胡杨闪金的景象，诗情画意，令人陶醉。不远处，终于看见两棵生树和死树痴缠在一起并紧紧相拥的"生死相依爱情树"，如此生动而形象。

　　导游指着远处蜿蜒的沙丘，那是我们看日落的最佳地点，几匹骆驼正缓缓地走动，好一幅美丽的流动画面，人们纷纷拥往沙丘，不一会儿挤满了看夕阳的人群，一起守望一轮红日回家的景象。太阳快要落山时，天空已被染成橘红色，夕阳下的枯树老枝在晚霞的笼罩下各放异彩，构成一幅幅绚丽的剪影画卷。我们看完日落匆匆撤离，防止出口人多拥挤，我想，如果等天空繁华落幕，天黑之际，仍身处怪树林，肯定会心生恐惧。

　　导游说："如果恨一个人，一定要带他来怪树林。"我想，是有道理的，分明是把恨的那个人带向了大坟场。导游还说："如果爱一个人，也要带他来怪树林。"为何？导游没说完就到达了目的地。好吧！各自去领悟吧！我想，应该是：如果爱一个人，就带他看怪树林那棵几千年不离不弃、忠贞不渝、生死相依的爱情树吧！

(2023年9月16日《梅州日报》刊登)

苦恼的"铲屎官"

本来,我是很喜欢小猫的,自从不得不当上了"铲屎官",我对小猫的感情是难以言说了。我常常看到野猫在小区大摇大摆,招摇过市,就气不打一处来。

去大西北走了8天,离开广东时还酷热难耐,今天傍晚回来,已与南国的秋天撞了个满怀。这不,小区已到处弥漫着桂花的香味,空气都带着香甜的味道,金桂飘香才是咱们岭南该有的秋天标志嘛!我顿时心生欢喜。今年的秋天比往年来得更晚一些,都寒露过后好几天了,已是深秋时节,美丽的秋姑娘才姗姗而来,终于把秋老虎镇压住了,飒爽的秋风轻拂,我家前后花园的桂花正绽放着一树芬芳,我脑海中正浮现出"桂花留晚色,帘影淡秋光,靡靡风还落,菲菲夜未央"的景象。刚踏进前花园,走近我家桂花树下,正准备近闻花香,觉得已经变了味,不妙,感觉桂花香中已夹杂着一股令人作呕的猫屎味,定睛一看,桂花树下有一堆野猫屎。顿时,大煞风景。我赶紧拿来铲子,一手捏着鼻子,把猫屎铲起就往公共垃圾桶方向跑。唉!这该死的野猫,刚回来就让我做"铲屎官"。

在这里开心幸福地住了 10 多年，忽然，平静的生活被这两年小区泛滥的野猫打破了，我时不时被野猫困扰着。我还被迫当上了苦恼的"铲屎官"。为此，两年前我不得不在前后花园各备了一个屎铲。如果不想当"铲屎官"，就得天天有人在家住，还得和野猫斗智斗勇。每天早上起来和晚上回到家都必须到前后花园赏花并晃悠几次，见到小猫躺在我家花园草地上晒太阳时，必须马上赶它走，不然，定会留下一堆屎尿等我收拾。只要它在一个地方拉了屎尿，你不赶它，它保证明天后天继续在同一地接着拉。你就等着天天当"铲屎官"吧。一旦在花园看见并追赶了它，最多能消停一周或十天八天不敢再来拉屎尿。不光见到要驱赶它，它拉了屎尿的地方还必须用水彻底冲洗干净，然后用花盆扣上抢占它的地盘，防止它以为那里已是自己的地盘，然后每天在同一地方继续拉。如果野猫能长点记性多好，如果能到垃圾堆或没人的地方去拉多好，一开始，经常有野猫在我家后花园树下安家生仔晒太阳，从来不会到处乱拉。只要不在私家花园里面拉，只来我家草地舒服地晒太阳我断然不会追赶的，既然想要和平共处有点灵性不行吗？

更可恶的是，自从今年我养了小金鱼，无数次发现野猫趴在我鱼缸边上，后脚着地，把前爪和脑袋伸进鱼缸偷吃金鱼，我立马一顿猛赶。我春节时买的 6 条可爱的小金鱼，放养在后花园大水缸，和紫色睡莲一起，本来是我特意给自己制造的"鱼戏莲叶间"的诗意及画境，半年多时间，已经被野猫偷吃了 3 条，到现在只剩下 3 条了。3 个月前也是家里 5 天没人住，被偷吃了 1 条，这次家里 8 天没人住，竟然被偷吃了 2 条，每次回来，我都会马上先清洗金鱼缸并数数，再给金鱼喂食，就是担心金鱼被野猫偷吃了去。没人在家时，我都会让花工两天过来一次，给金鱼喂食。两天一喂，是断然饿不死的，如果饿死了必定会见尸。

最要命的是，时不时能听到野猫发情，半夜传来如婴儿阵阵啼哭般的瘆人嘶叫，把人从睡梦中吵醒。我以为我家草地太舒服，这两年住得多，常常花香四溢，猫或许喜欢热闹和舒适才来的，不然，为何一开始不会在我家花园乱拉屎尿。我问花工及邻居们，她们都说同样遭殃，烦不胜烦。或许这两年野猫实在太多了。愚公移山的写照却被野猫以快速繁殖的方式演绎到了极致：子又有子，子又有孙，孙又生子，子子孙孙无穷匮也。灾难啊！

为了防止野猫再跑进我家花园，我去年请人特意给我家前后花园四周织了一米多高的又细又密的不锈钢防猫网，结果，它们还是能爬树再进来，或者直接跳进来，我的防猫行动宣告失败。为了防止它们继续抢占我家草地，我上网查到：猫怕爪子踩上去不舒服，它们就不来拉了。结果，铁网长时间一铺，草地又因阳光不足被盖死了，铺上铁网还贼难看。只好铺三天五天，再撤两天，在一撤一铺间周而复始地不断折腾着，铺上铁网时它不拉，撤掉一两天马上又过来拉，只好又赶紧铺上。邻居们告诉我草地撒上漂白粉好使，猫闻到就不敢来，试了几次，一点作用也没有。

臭猫屎，猫屎臭，那可是出了名的最臭，没有之一。什么牛屎马屎、鸡屎狗屎……在臭猫屎面前都不值一提，甘拜下风。这臭猫难道要逼我天天待在家修行琴诗书画，赏花观鱼，看它防它吗？本来漂亮的花园鸟语花香，诗情画意，却常常被防不胜防的猫屎搞得一塌糊涂。好在我的花工每天都会过来给花草浇水,见到后也会主动帮我铲走猫屎。我是一刻都闻不得容不得猫屎,只要我出门见到,立马铲走。现在的我,只要我家花园见不到猫屎,闻不到臭味,保证一天心情阳光灿烂。如今,对我来说,只要不当"铲屎官",便是人间好时节!

(《侨星》杂志2023年第3期刊登)

如诗油画林

"弱水三千，只取一瓢饮"最是让我自小耳熟能详，"弱水"这一词，无论是出自《山海经》，还是《西游记》，无论是出自佛经，还是《红楼梦》。总之，一直感觉弱水就是在仙境，在梦境。不然，为何总在古老的传说中出现？这句话表达的不光是我一直以来对爱情的向往，我更愿意理解为：不奢望，不急不躁，得之我幸，不得我命，不以物喜，不以己悲的生活态度。没想到，今日之我，能亲临遥远而古老的弱水河畔，并在它的旁边欣赏胡杨林之中的一片油画林。踏上小木桥，跨过曲折蜿蜒的弱水河，我们来到了传说中的油画林。不早不晚，一切刚刚好，我终于看到了一年只美21天的弱水金沙湾胡杨林，果然没让我失望，已美到令人窒息，无可挑剔。

今日天公作美，晴空万里，油画林已游人如织。胡杨林中的油画林俨如天然的艺术殿堂，老树新枝盘根错节，千姿百态，或苍劲挺拔，或傲骨凌然，到处可见豪气冲天，已穿越百载千年的英雄风骨。年轻的胡杨却有如风情万种的妩媚女郎，任由枝叶在寒风中翩翩起舞，金黄的叶子耀眼夺目，显得格外娇美动人。细观发现，一些胡杨树上竟然有 3 种形状的叶子。飕飕不绝声，落叶悠悠舞，阳光下，一片金黄色的海洋正熠熠生辉，呈现在眼前的，分明是秋天里的童话世界。

　　油画林中多姿多彩的女士们也是一道亮丽的风景线。此时非节假日，出来游玩的大多数是有钱还有闲的退休人士，来自五湖四海的女士们更是奇服异彩，丝巾飞扬，摆着各种姿态，各领风骚，这分明是时装秀、色彩秀、动作秀……仿佛正在举办一场如画如诗的视觉盛宴。我也是妥妥的视觉动物，我常常被一些女士的穿戴或优雅姿势迷住，驻足观之，阅尽人间百态及美好，秀色可餐也！

　　我们在油画林中流连忘返。我想，如果有机会，我会携手爱人再来，让自己置身于诗情画意里、浪漫情怀中，抛开世间一切烦扰，让思绪在金黄色的童话世界中尽情飞扬。

　　　　2021 年 10 月 15 日于弱水金沙湾胡杨林中的油画林

赏牡丹之旅

心心念念几十年,一直想去洛阳看牡丹花,因种种原因,至今未能成行,近日,我和大闺女妍儿刚好忙完,又恰逢牡丹花开的时节,吃过晚饭,我对妍儿说:"咱娘儿俩来一场说走就走的旅行吧,你未来一周的工作,就是陪我去河南洛阳及郑州赏牡丹看古迹,你做我导游及助理,旅途的衣食住行全部由你来安排吧!"妍儿笑着赞同。

当晚,我们就买好了第二天一早从珠海飞往郑州的机票,整个行程都由妍儿有条不紊地妥当安排好了,我成了甩手掌柜,只管跟着走。我不禁感慨万千,妍儿真的长大了,我已有近10年没和她一起出游了,小时候,从她两三岁开始到她16岁期间,但凡节假日,都是我带她到全国各地及国外去旅游,她就像跟屁虫一样黏着我,后来她出国留学后,就再也不愿意跟着我们家长去旅游了,她已经有了年轻人自己的圈子。而如今,她已经长大成人,并终于懂事了,成了我贴心的小棉袄,我倒成了她的跟屁虫。这让我全程幸福感满满。

从龙门石窟到少林寺,从白马寺再到神州牡丹园,从国际牡丹园再到应天门洛邑古城，从参观洛阳博物馆再到明堂天堂看夜景，还欣赏了郑州玉米楼最美夜景。为期5天，行程紧凑有序，全程开心自在。

　　此行最让我流连忘返的，自然是两个各有特色的牡丹园。行程第二天我们来到神州牡丹园时，有近半个区域的花儿已经开始谢了，应该是步入了花期的下半节，老远还是能看见到处人头攒动。牡丹雍容华贵的身姿、娇俏艳丽的花朵，纷纷散发出迷人的芳香，已把国色天香展现得淋漓尽致。牡丹的形大鲜美、仪态万方、色香俱全、热情奔放，已足以冠绝群芳，令我叹为观止。我和妍儿时而俯首闻香，时而相互拍照，欲把时光定格，拥香入心，心情早已随花儿怒放。

　　试问，有谁会不喜欢牡丹花？谁又能拒绝美的诱惑？既然专程为牡丹而来，看一个园子怎能过瘾？因所处区域地势不同，温差较大，花期也有所不同，听说，当下全洛阳花期最好，开得正盛的是国际牡丹园，于是，第三天，我们一早就奔赴国际牡丹园。该园占地达140亩，有300多个国内牡丹品种，还有法国、美国及日本等国外品种100多种，是中原地区面积最大的晚开牡丹及精品牡丹园，一来到园子门口和进入园子，就能看见到处都是穿着唐装或汉服的美女正三五成群，仿佛在与牡丹媲美。婀娜多姿、飘逸灵动的美女们，着装尽显古色古香的韵味，引得我目不暇接，时而赏牡丹，时而看花间摆拍的古装美女，眼前开得正艳的粉色牡丹花丛中，一位着汉服的窈窕淑女在摆拍，回眸一笑百媚生，露出了两个甜甜的小酒窝，引来好多游客驻足观之，好一幅"罗衣何飘飘，轻裾随风还，顾盼遗光彩，长啸气若兰"的灵动画面，让我想用"闭月羞花"的成语来形容她，牡丹园中仿如穿越般动静结合的亮丽风景线。这简直是一场别开生面的视觉盛宴。我不光喜欢花，也喜欢看古装美女。

国际牡丹园中我看到了大大小小、形态各异的牡丹，有红、黄、白、绿、蓝、粉紫、墨等各种颜色，还看到了稀有的黑牡丹和混色牡丹。白色的牡丹是如此的圣洁无瑕，红色的牡丹是如此的热情奔放，粉色的牡丹是如此的神秘而浪漫。我置身在花的海洋，尽情地陶醉在花海的芳香中，流连忘返，当下我感觉活在了美丽的人间天堂。在妍儿的一再催促下，我才依依不舍地离开了园子。我跟妍儿说："反正我是还没看够的。听说山东菏泽的牡丹也出名，以后，我要抽时间到菏泽去赏牡丹。"妍儿笑着说："好吧！花痴妈妈。只要你开心就好。"

洛阳人自古以拥有牡丹花为傲，得天独厚方拥国色天香，确实值得骄傲。"洛阳牡丹甲天下"的美誉，洛阳是当之无愧的。

2023 年 4 月 19 日于洛阳

爱在深秋

昨天白天，秋老虎还在发威，今日寒露，我中午时分开车出去办事，车内显示还有36℃，人都热得直冒烟。于是我赶紧拉着大闺女妍儿去游泳凉快一下。我嘀咕着我们大广东的春秋是否早已停留在战国时期了？一年仿佛有三分之二以上的时间都是夏天。我已经多年没有和妍儿一起游泳了，记得上一次和她游泳是10多年前她上初中的时候，深秋出生的妍儿，过几天即将迎来生日，如今已经二十好几了。她1.65米的个头，穿上金黄色的连体泳衣，戴上反光防水泳镜和防水帽，白皙的皮肤，水灵灵的样子，已出落得亭亭玉立，我不禁偷偷多瞄了几眼，青春真好哇！

听老人说，秋天生孩子坐月子，对大人小孩都是最好的，因为不光吃得最好，天气也是最好的，当年为了让妍儿能在秋天顺利出生，我真是煞费苦心，才终于如愿。感恩妍儿深秋到来，伴我走过人生的每个春夏秋冬。

一年四季，我最喜欢秋天。我喜欢家乡秋天的凉爽，更喜欢家乡秋天丰收的喜悦。秋天的花生比春天的花生格外清甜，秋天的大米比春天的香软，秋天也是红薯芋头和水稻成熟的季节。我最喜欢的野果山捻子和野柿子也会在秋天相继成熟。这些也是我喜欢秋天的理由。

　　我喜欢秋天的静美，秋天犹如人之中年，已成熟稳重。秋天令色彩斑斓成了定局，也让大自然如诗如画。这更是我爱它的理由，秋天里最爱的颜色是热烈的火红色和纯粹的金黄色。秋天高山上的红叶，秋越深叶越红，像极了如火的热情。当深秋的胡杨和银杏披上了浪漫的外衣，已让大自然"满城尽带黄金甲"。纯粹的金黄色，总是透出一股梦幻般的美。

　　深秋是多情的季节，天很高很蓝，蓝得迷人，总是邀来洁白如雪的浮云做伴。秋天的晚霞和火烧云，更是能让我遐想联翩。小时候，望着红透半边天的火烧云，我曾担心是太阳的炙热已把天宫点着了火。黄昏的晚霞像一幅美丽的水墨画，更像是天空最美的霓裳。

　　小时候，我最喜欢秋天的夜晚，皎洁明净的月光下独自在家门口的小河边漫步，眼看月亮总是在跟着我走，触景生情哼一曲"月亮走，我也走"的歌儿。晚风轻轻吹，小河静静流。我想让悠悠的歌声能穿透那迷人的夜色，任思绪尽情地在夜空中遨游。

　　秋高气爽，牛羊肥壮，吃羊肉进补正当时。秋风起，虾蟹肥，又是品鲜好时节。香甜的板栗成熟了，来一锅香喷喷的板栗煲鸡。油黄的南瓜成熟了，赶紧摘回家做一盘南瓜蒸排骨。秋梨、柚子、葡萄、石榴、橘子……前赴后继，迈向了成熟，纷纷为人间无私奉献出美味，秋天注定属于吃货的季节。色香味都在秋天里最好地呈现。

　　我承认，我是爱秋天的。更爱深秋，不光因为秋天诗情画意的美景，更因为秋天诱人的美食。我妥妥是一枚吃货！

壬寅年深秋于香山

华山行

泱泱中华，秀美山川耀神州。最具代表性的三山五岳，我从小就心驰神往。几十年来，我每年都会想办法抽出几周时间，分几次出去透透气，寒暑假则带娃同游，其他时间则邀上闺密或表妹一起出行。美其名曰：去充充电，长长见识，实则云游四海，感悟人生。一番番春秋冬夏，东游西逛，走南闯北，我也去过了大半个中国，到过十几个国家。此前，我国的三山五岳当中，只有华山和雁荡山没有去过了。今年，我早早就约了好友月檬暑假一起带娃去华山。

我们提前半个多月买好了票，做好攻略，待两个娃一放假，我们第二天就开溜。以旅行社私人定制，4人一车一导游的小团，自由行方式来到古都西安，想让两个发小在假期聚聚，一起放松放松，上学已卷得太累，放假该让孩子们开心游玩，顺便学习人文历史，了解中华地理。当然，也是想让两个娃陪同两位母亲大人一起登华山，以了却一桩心愿。

我们安排回程前最后一天登华山，为了避免路上塞车和山上的索道拥堵。我们早上5点30分就起床出发了，"莫道君行早，更有早行人"。当我们来到景区门口排队坐景区接驳巴士再到西峰山脚下排队坐索道缆车时,缆车入口处早已人山人海,排起了长龙。一天中,光上山下山乘坐交通工具的排队就花费了3个小时。

终于坐上索道的车厢。当索道从悬崖峭壁之上快速滑下,我们全车厢8个人都纷纷尖叫起来,胆战心惊,惊险刺激充斥着我们的感官。我们都不太敢看脚下,只能极目远眺,蓝天白云之下,群山环绕,华山的奇、险、峻、秀尽收眼底。一座座陡峭的山峰,惟妙惟肖,千姿百态。有的岩峰挺拔伟岸,虽不见奇花异草,却不拖泥带水,华山具有刚正不阿、坦坦荡荡纵横于天下的雄性之美。有的岩山笔直得像一把利剑,直插云端。越是往上,奇险见长,在索道上的我们一直惊呼连连,激动不已。

为了能轻松一些,我们选择了索道西上西下原路返回策略。第一站,听说最美的景点是西峰,可就差那20多米远,人多得实在挤不上去了,终于深切感受到什么叫"自古华山一条路,奇险天下第一山",以及"一夫当关,万夫莫开"的境地。我们只好在道家的翠云宫前逗留片刻,只见宫前屹立一座石瓣造型的"莲花洞",洞旁的刻字楷隶篆草,各显神韵,仿佛都在诉说着历史的久远和创伤。

远看南峰,貌似上山的路上还没有那么多人,于是我们赶紧前往。山腰树木郁郁葱葱,秀气充盈。虽然石阶难爬,好在道路阴凉,爬到气喘吁吁的时候,山路的右手边出现一块"华山论剑"的石雕,正围着一群轮候摆拍的人士,只见一位七尺男儿,着灰衣布袍,英姿飒爽地手持"宝剑"在摆造型,让我仿佛看见了金庸《射雕英雄传》中的大侠。明明"华山论剑"是在北峰顶,从山脚到山顶,一路上还是见到有几处"华山论剑"的石雕,或许是为了满足当下普罗大众摆拍打卡的需要吧,因此在这儿也设有一处。

我一手抓住铁绳索,一手紧紧拽娃,一路向前。在南峰极顶前的仰天池西侧,遇见一棵360岁的网红迎客松。正孤立悬崖上,笑傲着江湖。驻足观之,我仿佛看见了华山的魂,苍劲有力的迎客松正昂首挺胸展开双臂,欢迎着八方来客。此松充满着一股飘逸的灵气,美得如诗如画,如梦似幻。都说黄山迎客松最美,我看此松与彼松完全可以相媲美。险要的山岩,山路难行,简直难于上青天。我攀爬到两腿发软,终于到达最高峰南峰。南峰又名落雁峰,传说这里是连大雁都要在此歇息才能飞过去的地方。所以,我不歇怎能行?当我爬到山顶时,已经瘫倒在地。我先休息片刻,等缓过劲来才能欣赏四处美景。

登临绝顶,一览众山小。护栏之内,见天地之悠悠,大地之空阔。当下顿感心无挂碍,无有恐怖,已远离了颠倒梦想。正逢伏天,云淡天高,山之巅,阵阵微风略过云端,却丝毫不觉夏的燥热,感受着内心深处的一片宁静和清凉。高山流水,本是绝配,也是诗意,自上而下,尽管我努力四处张望,竟然全程没有遇见流水,略感遗憾。

由于担心两个娃娃体力不支,我们没有去北峰,也没敢走太危险的线路。没看华山的日出日落,留下一些念想。

虽然大西北的饮食根本不适合我们南方人,尽管导游和司机脾气都不太好,他俩之间时不时还闹点别扭内斗起来。可我和檬姑娘从不计较,感知着世间所见所闻中的点滴美好。感恩满满地带着俩娃开开心心地度过了每一天。特别感恩檬姑娘母子一路同行，她娘儿俩是我见过脾气性格最好的一对母子。开开心心的一周之旅，吃好玩好，自然是长肉肉的节奏，回家一番测量，我们都不幸长膘了。

常言道：读万卷书，不如行万里路。行万里路，不如阅人无数。人生本来就是一场旅行，如果条件允许，得幸能云游天下，便能在五湖四海中遇见众生，从阅人无数中去感知天下，包容万物。只要常怀感恩之心，心中才永远不会缺爱。华山行，满眼是柔和，处处皆风景。一切都是最好的安排。

2023年7月16日于西安

新《爱莲说》

某日晨，偶遇香江闹市公园鸳鸯莲。凌波仙子静中芳，所谓大隐隐于市，莫过如斯。顿心生欢喜，近前观之，倾身影之，今与君共赏。有缘遇见美好，皆属有福之人。激发些许莲心素语。姑且记之。

古有周公独爱莲，今有更甚者我也！愿做那朵莲，莲花驻心田，但凡遇见莲，喜悦之情溢于言表，驻足观之，常在入神间恍惚已化作那朵莲……

画莲念头一直萦绕心间，于是乎，去年晚间常伏案，绘制心中那朵莲，耗费30小时，成3幅莲图，已装裱蜕变，——随文附上，若有瑕疵，敬请文友画友不吝赐教，不胜感激。虽不完美，却属用心之作，足证我是爱莲之人，他日闲来无事，再续更美莲图。

人常喻莲圣洁高贵。料源于周公之千古名言："出淤泥而不染，濯清涟而不妖。"自幼读之，铭记于心。扬帆起航之际，未忘以莲品为鉴，鞭策自我。

人若如莲品自高。若能修得心似莲花开，不卑不亢，香远益清，困苦深藏莲心，再以良药赐人。则苦尽甘来，离苦得乐。时有我执，何以故？偶有苦感！何以故？扪心自问，当降伏己心，方能自在如莲。吾虑不清，则未可定然否也。

"路漫漫其修远兮，吾将上下而求索。"且把岁月当歌随风去，莲心煮雨入茶品。莫不是人生之一大快事。知之，思之，容我改之。

后　记

　　我的第一本散文专集《鹏城起舞》终于出版了，这是我的第四本书。

　　此书名我引用了我的第一本书——诗文集《大漠微尘》中的第一篇文章《鹏城起舞》。当年，我单独发表此篇文章时，得到多家媒体转载，而且，当我捐赠第一本书《大漠微尘》给图书馆和一些学校时，他们看了都纷纷提议，希望我能多捐赠给一些山区的学校。希望多一些孩子能阅读到，可以传播一点正能量，既然我的亲身经历和故事能对人有一点点启发或帮助，我是很乐意去捐赠的。于是，我当时就下定决心，日后，我一定会用此作为书名出一本新的书，因为我喜欢写作和出书，只是想圆儿时的梦，完全是为了情怀，不是为了赚钱。所以，当时第一本书基本做成了限量版，只印了1000本，并不是我的文章写得有多好，而是我根本没有拿出去上架售卖过，能得到我第一本书的，都是亲朋好友和家乡的一些学校，只是极少数的有缘人。所以，后来有些人想找我买书，我都没有再去加印。故此，本书中我加入了不少传播公益正能量的新篇章及其他新内容，并打算多印些，将之用作公益捐赠及正能量的传递。

生活中，我总是被爱及温暖包围着，感动无处不在。为了赶在一周内将此书定稿，清明节3天，我都足不出户，待在家里埋头苦干，洋洋洒洒写了1万多字，3天吃的菜都是三妹夫买来送到我家的，转换文档格式、发邮件、打印、寄快递都是二妹夫协助我完成的。清明节我都没空赶回家乡给祖先上坟，是老妈替我们回去完成的。清明节时，我也本该去看看康养院的老爸，妹妹主动承担，跑去探望陪伴了，我对还在读初二的小闺女说："妈妈可能要忙3天，这个假期没空陪你并带你出去玩。你自己在家学习，做作业，弹琴和看书可以吗？"小诗乖巧地点了点头。小诗老老实实在家陪我待了3天。孩子及家人们的成全及理解，令我倍感欣慰。

在这最后冲刺的4月5~7号3天最繁忙的时间里，5号张文峰老师首先发来微信关心并过问新书写序的进展，并发来祝福希望我心想事成。果真承文峰老师吉言了。6号陈耀宗主席发来我在《梅州日报》发表的新作，6号陈灿富老师发来美国的《综合新闻》杂志关于我的文章，其间我还收到3位不同项目合作伙伴的佳音。似乎这个清明节各路神仙纷纷下凡给我助力来了，捷报频频，关怀不断，喜事连连。我每天写到凌晨2点，最后连做梦都在写文章。

有幸能请到今年已89岁高龄的赖海晏老师为我的新书写序，荣幸之至。这得感谢张文峰前辈的鼎力相助，当我请张文峰老师帮忙推荐写序人选时，文峰老师第一个向我推荐了他的好朋友赖海晏前辈，结果，文峰老师亲自出马一问，赖海晏老师就答应了，我简直受宠若惊。赖海晏老师热心扶持后辈，谨致衷心的感谢。

赖海晏老师是享受国务院政府特殊津贴的专家,曾任《广州日报》编辑,《南方日报》文艺部副主任,《南方周末》主编,广东省文联党组副书记、执行副主席,广东省政协委员等诸多职务,曾在《羊城晚报》《南方日报》等多家报刊辟有专栏,发表过杂文、诗歌、散文、评论数千篇,著有《花鸟诗缘》《青春梦痕》《浪花集》《翠痕集》等诸多文集,其中《青春梦痕》列入"花季寻梦"丛书(5种),该丛书曾获得第6届全国优秀青年读物一等奖。

我和我爷爷一直都很敬仰的中国著名归侨作家秦牧,他不光曾是我们省侨作协的先锋,在他任广东省文联主席时,还是赖海晏老师的领导和同事,秦牧还为赖海晏老师著的《青春梦痕》写序。如今赖海晏前辈不仅是我们侨作协的顾问,还是秦牧研究会副会长。更巧的是,赖老师不仅是我们客家人,20世纪60年代还在我的乡下平远山上割过草。真是,无巧不成书,不是一家人,不进一家门!如今,我们又因新书写序结善缘。

人生的相遇是如此奇妙,美好的缘分总是在生活中邂逅。我告诉海晏老师:"张文峰老师和李伟辉老师都是我最尊敬的贵人、我的好朋友。德高望重的两位前辈一直对我特别关心照顾。"海晏老师听了,惊叹道:"这两位也都是我的好朋友。伟辉兄和文峰兄帮助过很多人,都非常善良出色。"老师道出了更神奇的多重缘分,原来,海晏老师不光是伟辉老师的好友,伟辉老师的夫人曾与海晏老师同在一所学校(广东师范学院,现为华南师范大学),伟辉老师的女儿和海晏老师的女儿也是好朋友,而且,海晏老师的外孙与伟辉老师的孙子也是好朋友。这到底是什么样的缘分啊?!赖老师都快把我给绕晕了,赖老师感叹:"缘分重重,心有灵犀。"我马上回他:"前辈啊!这就是善良遇上了善良,同频共振,同道中人!"赖老师曰:"你悟性真好,我写了两句,就料到你会悟出点什么来。料不到的是,你反应这么快,而且这么到位。"言毕,我们都开心地笑了起来。

当海晏老师微信给我发来他帮我写的序——4页纸手稿的拍照图片,同时发来我10多页书稿中他发现的错别字一一手改及附上温馨提示时,此刻收获的感动,像一股股暖流在心头涌动。老师,如冬日里那一轮暖暖的太阳,温暖着我,照亮着我。从半个多月来老师与我的沟通交流中,我深切感受到老师总是如此谦卑,谨言慎行并细致入微。海晏老师的序可是他经过一个多星期对我书稿的阅读,再经过几天一笔一画、一丝不苟、条理分明纯手写而成的。这得耗费老师多少精气神啊!这篇序,是何其珍贵啊,我倍感珍惜及感恩。

在此,特别鸣谢我的发小林常君同学。多才多艺的林常君教授曾为我的第二本书《今夜只为等你》的封面设计出谋划策,如今又为我的新书《鹏城起舞》设计封面,百忙之中还为我写了《鹏城起舞》序二。老同学的再三助力,对我来说每一次都是惊喜和意外的收获,令我特别感动及感恩。

我一贯是做人做事都特别专一的人,你若对我好,我必不离不弃,倍加珍惜,永远感恩。所以,多年来我的4本书封面全部请张文峰老师题字。文峰老师的真诚善良和大爱,总是让我感动不已。每次请他帮忙给书名题字,他都二话不说,大笔一挥,笔走龙蛇,马上用各种字体写了几幅供我挑选。张老师的书法是我最喜欢的风格,有如行云流水,又似龙飞凤舞,还有一股秀气和灵动的飘逸感。我对老师笑言:"不管我出多少本书,都要请您帮我的书名题字噢！"文峰老师笑而不答，一言为定，我已当您默认喽！

  学习进步及努力写作之路没有终点，任何时候都可以是个新的起点。山不辞土石，故能成其高，海不辞水，故能成其深，山海之路深邃而广阔，心向往之，虽不一定能至，努力过程中的感受，已经收获了一片片美好。感恩所有关爱及支持我的亲人朋友，你们是我前行道路上的动力。我的人生，因与你们一路同行而摇曳生辉，温暖如春。

张生红

2024年4月7日于香山